CELUI D'APRÈS

29 boulevard Raspail
75007 Paris – France
contact@editionscharleston.fr
www.editionscharleston.fr

ISBN : 978-2-36812-155-9

Maquette : Patrick Leleux PAO

Pour suivre notre actualité, rejoignez-nous sur la page Facebook :
www.facebook.com/Editions.Charleston et sur Twitter @LillyCharleston

Jessica Cymerman

CELUI D'APRÈS

Roman

CHARLESTON

Pour Arnaud, mon homme.

« Où que je sois, ils sont là, Mes hommes. » Barbara

« Quand il sera mort, prends-le et coupe-le en petites étoiles, et il rendra la face du ciel si splendide que tout l'univers sera amoureux de la nuit et refusera son culte à l'aveuglant soleil. »
Roméo et Juliette, *Shakespeare*

« Can't buy me love » Les Beatles

« Si vous ne pouvez vous résoudre à abandonner le passé, alors vous devez le recréer. » Louise Bourgeois

JEAN

Chapitre 1

Un jour j'ai eu un coup de foudre, un vrai. Au moment où ça m'est arrivé, je l'ai su. J'avais 17 ans, je sirotais une grenadine en tournant une mèche de cheveux entre mes doigts. J'ai compris à la minute où il est entré dans le café du Trocadéro qu'il était l'homme de ma vie.

On sait toujours quand la vie prend un tournant.

Un regard a suffi. Lorsque Jean, 18 ans, est venu s'asseoir en face de moi avec assurance et a entamé une conversation banale, prétexte pour m'aborder, j'ai su que plus jamais je ne pourrais vivre sans lui.

En quelques phrases seulement, il connaissait mon prénom, mon adresse, mes rêves, le nom de mon école, le prénom de ma meilleure amie et ma passion pour les sushis.

Nous étions à un mois du bac. Mes parents m'empêchaient alors de sortir le soir comme il est d'usage dans les bonnes familles du 16e. Ma mère, reporter au magazine *Détective*, et mon père, dentiste, nourrissaient de grandes ambitions pour moi. Je serais chirurgien cardiaque, et pour cela il leur fallait la mention très bien au bac.

J'étais cloîtrée chez moi et Jean dut ruser pour m'approcher. Un soir, il se déguisa et prétendit à l'interphone être le livreur de Sushi Shop.

Une fois devant la porte en bois massif de notre 200 mètres carrés, il sonna. J'ouvris. Il me tendit les sushis que nous n'avions pas commandés. Je contestai, « non monsieur c'est une erreur… ». Alors il ôta son casque et je vis que c'était lui, le type du café.

Il s'approcha de moi et, dans un élan quasi animal, il m'embrassa. Nous serions désormais une entité fusionnelle.

La première informée de ce baiser fut ma meilleure amie, Emma.

On s'était connues en 6e 4 au collège Janson de Sailly. Premiers flirts, premières sorties, premières boums, premières conversations sur comment embrasser avec la langue, premières déceptions sentimentales en écoutant Barbara, premières colonies de vacances, premiers rêves de jeunes filles en fleurs.

Emma, mon double, mon alter ego féminin et pourtant l'inverse de moi, tant physiquement – elle était aussi blonde et maigre que j'étais brune et pulpeuse – que mentalement – elle ne croyait pas à l'amour fidèle et éternel.

Elle et moi, on se racontait tout. Jamais une décision prise sans l'avis de l'autre, jamais le droit de tomber amoureuse sans que l'autre ait donné son accord. C'est donc naturellement que je lui racontai les prémices de mon histoire avec Jean.

Je me souviens de cette conversation téléphonique comme si c'était hier.

— Emma tu es assise ?

— Oui je suis assise ! Il se passe quoi ?

— Alors voilà Jean, tu sais le mec du café du Troca ?

— Oui quoi ?

— Il m'a appelée ! Il voulait qu'on aille manger des sushis hier soir mais comme mes parents sont des cons, j'ai pas le droit de sortir…

— C'que t'es conne ! Fallait faire le mur !

Emma adorait mentir à ses parents et se donner des frissons en rejoignant, le soir, ses petits copains au café ou chez eux. Elle était experte pour faire le mur. Elle possédait une super technique : elle prenait soin de fermer la porte de sa chambre de l'extérieur afin d'en empêcher l'accès et de faire ainsi croire qu'elle dormait. Elle ne s'était jamais fait prendre. Elle ne comprenait pas mon incapacité à agir comme elle.

— Emma, j'ai pas fini ! Donc j'ai dit que je ne pouvais pas sortir. Pendant que je légumais sur mon lit, on a sonné à la porte. C'était un livreur de sushis et on s'est embrassés !

— Quoi ? T'as embrassé le livreur de sushis ? Quel rapport avec Jean ?

— Le livreur, c'était Jean !

— Naaaaaan mais je le crois pas, le mec est venu déguisé en livreur t'apporter des sushis chez toi ? Et tu t'es laissée faire ?

Comment imaginer, en effet, que la fille qui n'avait décroché son premier baiser qu'à seize ans puisse se laisser embrasser ainsi ?

— Carrément !… Écoute Emma je n'ai jamais ressenti ça, mon corps entier tremblait, mon cœur allait exploser. Il est parti aussitôt et depuis je suis comme envoûtée. Je crois que c'est l'homme de ma vie.

— Bon ce mec a l'air top, mais pas de hâte hein ! C'est quoi la suite ?

— Il doit m'appeler. Emma, je le sais, avec Jean c'est pour la vie.

Cette conversation, comme une confession, donnait à ma relation avec Jean le droit de démarrer officiellement.

Quelques jours plus tard, une fois le bac en poche (mention passable au diable les ambitions de mes parents), Jean et moi allions pouvoir vivre notre histoire, notre grand projet d'amour.

Contre l'avis de mes parents, j'entamai des études de théâtre, laissant leurs grands espoirs d'avoir un enfant chirurgien se reporter sur mon petit frère Joshua.

Jean entreprit des études de droit principalement pour que ses parents puissent dire « mon fils l'avocat » dans les dîners mondains. Malgré les efforts de celui-ci, ils ne lui témoignaient aucune marque d'amour en retour. On aurait pu croire que Jean les gênait plus qu'autre chose. Il disait de ses parents qu'ils étaient « des handicapés du bonheur ».

J'ai tant de bons souvenirs avec Jean qu'il me faudrait mille ans afin de tous les lister.

La première fois qu'il m'a dit « je t'aime », nous sortions du cinéma. Il a déployé ses bras comme Jack le héros de *Titanic*, le film que nous venions de voir, en hurlant « Anna je t'aime, je suis le roi du monde ». Je me souviens avoir rougi de honte. Dans la rue, les passants nous observaient d'un air amusé. Je n'eus d'autre choix que de lui répondre que moi aussi. Et en effet, je l'aimais déjà.

La naissance d'un amour, c'est comme la venue au monde d'un enfant, beau, étonnant, magique, un voyage vers l'inconnu.

Je me souviens de notre premier week-end en Normandie dans la maison de ses parents, à Trouville. La villa s'appelait « La Mare au Diable », du nom d'un roman de George Sand. Pour l'impressionner, je fis mine de savoir qui était cet auteur. Je pensais que cet écrivain était un homme. Il se moqua gentiment de moi et ne me surnomma plus que George. A-t-on idée de s'appeler George quand on est une femme ?

Parfois il m'appelait « jeune fille » aussi. Cette habitude avait germé dans notre couple sans que je puisse me souvenir comment.

Moi, je l'appelais Jean. Simplement Jean. J'aimais jusqu'à son prénom.

Je me souviens aussi de la première fois que nous avons fait l'amour. Nos corps s'étaient si bien trouvés : une évidence supplémentaire. J'avais 17 ans, il était mon premier partenaire. Entre ses mains longues et fines, entre ses boucles blondes et ses lèvres charnues, il me fit devenir femme. Chaque étreinte fut merveilleuse. Dès lors, je me collais sans cesse à lui et je le respirais. Son odeur m'apaisait. Jean m'apaisait.

Nul n'aurait pu être plus heureux que nous. Je ne cessais de lui répéter que nous avions trop de chance, que c'était fou, un tel amour. Je ne pouvais m'empêcher de penser que c'était si beau que fatalement il allait nous arriver un truc dramatique. Il me sommait d'arrêter de « me prendre la tête ». Il avait ce don d'être sage qui contrastait avec mon tempérament angoissé.

Jean et moi partagions une chanson, notre chanson. Tous les couples ont un hymne, un air qui leur provoque de la joie, une mélodie qui résonne comme un écho à leur bonheur.

Parfois même lorsque cet air passe à la radio, si on s'approche bien des amoureux il n'est pas rare de voir apparaître un début de sourire complice à la commissure de leurs lèvres, comme pour dire « c'est notre chanson, nous on sait ».

Notre hymne c'était *Lumière du jour* de Michel Berger. Jean m'avait fait découvrir ce morceau en Normandie, aux prémices de notre histoire. Au fil de nos sept années d'amour, nous n'avons jamais cessé de l'écouter. À chaque fois, le même effet, doux et revigorant, comme lorsque petite, ma mère me préparait du jus de fleur d'oranger.

Tu es ma lumière du jour
Tu es mon ultime amour
Si je t'appelle, tu accours
Tu es mon premier secours
Ma lumière du jour

Lumière du jour

Et moi
Tu vois
J'ai toi

Assez vite, j'ai eu l'idée des lettres. C'était ma manière à moi de signifier que notre amour avait quelque chose de particulier. Dans la foule de mails, de SMS et d'appels que nous nous échangions, j'avais envie de tenir entre mes mains une preuve de son existence. Avoir ses lettres, c'était une façon de le posséder un peu plus.

Je lui écrivais quasiment tous les jours.

Un jour, il me confia que sa gardienne avait trouvé étranges ces courriers manuscrits au milieu des factures et des publicités. Elle s'était même demandé s'il ne fréquentait pas une secte.

Jean était plus paresseux. Je ne recevais qu'une à deux lettres par mois. Elles commençaient toutes par « jeune fille », se terminaient toutes par « je t'aime ». Entre les deux, il y avait de l'humour. Souvent. Des mots d'amour. Beaucoup. Et puis parfois, rien. Juste « Jeune fille, je t'aime ». Il mettait un point d'honneur dans chaque lettre à verser quelques gouttes d'Habit Rouge de Guerlain, son parfum.

Je consignais toutes ses missives dans une grande boîte à chaussures vide. L'amour en boîte.

Bien plus tard, une fois son diplôme d'avocat en poche et mes premiers rôles au théâtre, nous nous sommes installés ensemble, rue Desaix, au pied de la tour Eiffel. Nous avons pourtant continué de nous écrire. Comme ces vieux couples qui gardent leurs habitudes. Sans trop savoir pourquoi. Parce que ça fait du bien, tout simplement. « Être vieux sans être adultes » chantait Brel.

Les fleurs étaient une autre de ces habitudes que nous avions prises et qui cimentaient notre histoire. Des roses blanches. Jean m'en offrait chaque 8 du mois, en écho à la date de notre premier baiser. Douze à chaque fois. Toujours du même fleuriste, avenue Victor-Hugo dans le 16e arrondissement.

C'est dans cette boutique, au sous-sol, qu'il avait demandé ma main, six ans après notre premier baiser. Avec la complicité d'Éric le fleuriste, il avait recouvert le sol de pétales de roses blanches, installé un chemin de bougies et fait dresser un lit à baldaquin. Et dans cette atmosphère digne de

La Belle et la Bête de Cocteau, il avait prononcé ces trois mots « deviens ma femme ».

* * *

Dans notre entourage, nos deux prénoms étaient tellement associés dans les esprits, qu'ils s'étaient fondus l'un dans l'autre pour faire naître une troisième entité, notre couple.

On se réunissait souvent avec nos meilleurs amis. De mon côté il y avait ma fidèle Emma. Du côté de Jean, ses « potos », Paul et Adrien, les trois mousquetaires.

Ensemble, nous avions pris l'habitude chaque samedi soir, de regarder Star Academy, une émission qui passait sur TF1. Un rituel : plateau télé, bière, champagne et Jean imitant la voix du présentateur Nikos.

J'ai longtemps rêvé qu'Emma tombe amoureuse de Paul ou d'Adrien et que la réciproque soit vraie, mais pas même le début d'une étincelle n'avait germé dans leurs yeux.

Jean avait connu Paul et Adrien au lycée. Ces trois-là étaient inséparables. Paul était un grand gars aux yeux bridés et aux idées brillantes et Adrien un type jovial, un peu gros, à l'humour cinglant. Ils m'avaient immédiatement acceptée dans leur vie, dans celle de Jean. Je ne représentais pas un obstacle à leur trio. Contrairement à Jean qui était « rangé », Adrien et Paul passaient leurs soirées à écumer les boîtes de nuit parisiennes à la recherche de la femme de leur vie. Mais ils repartaient souvent avec la femme de leur nuit.

Pendant près de sept ans, Jean et moi avons vécu la plus belle histoire d'amour qu'il soit donné à deux êtres de vivre. Un rêve.

Jean adorait répéter « pour que chaque jour compte » comme Jack dans *Titanic*.

À dix-huit ans c'était une folie.

À vingt ans c'était une évidence.

À vingt-cinq ans une certitude.

Nous allions nous marier, avoir des enfants et être heureux jusqu'à ce que la mort nous sépare.

Et ce fut le cas.

Chapitre 2

Nous sommes le 8 avril 2004 au matin, à un mois du mariage.

Je dors encore, il m'embrasse dans le bas du dos puis dans la nuque, me serre l'index de la main gauche. Il sent bon. Son parfum a pénétré les pores de sa peau. Dans un demi-sommeil, j'entends qu'il ouvre le placard situé sous l'évier, celui dont la porte grince, pour y prendre le sac de croquettes du chat. Je distingue un miaulement de Miaou. Je reconnais le bruit de la machine à café, Jean aime les cafés serrés dans lesquels il met un sucre et demi.

Depuis la salle de bains, il me crie de ne pas oublier que le plombier doit passer. Il me promet de rentrer tôt le soir les bras chargés de douze roses blanches. Puis il revient dans la chambre.

Je l'observe les yeux mi-clos. Il est beau.

Il m'avertit qu'il laisse les trois choix de menus pour notre mariage sur la table basse et me demande de lui envoyer un mail plus tard pour lui indiquer celui qui me ferait plaisir. Ensuite, il m'annonce qu'il va déjeuner avec son bos pour lui demander une augmentation. Il se dirige vers la porte d'entrée, râle parce que l'ascenseur est en panne, ajoute « je t'aime » et ferme la porte. Il est environ 8 heures quand Jean quitte la maison ce matin-là.

La porte claque. Avec un instinct quasi animal, j'enfouis ma tête dans l'oreiller qui porte encore l'odeur de mon homme et je me rendors un peu. Une trentaine de minutes après, je file sous la douche. Les cheveux mouillés, lovée dans le peignoir gris de Jean, je m'installe dans le canapé avec un thé au jasmin. Dehors il fait beau, le printemps s'est installé et je crois même entendre des oiseaux devant ma fenêtre.

Il est 11 heures, j'enfile un jean et des vans et je téléphone à mon frère Joshua pour lui demander s'il veut déjeuner avec moi. En raccrochant je découvre un SMS d'Emma « Dans un mois, on t'appellera Madame ! Trop excitée » et un autre de mon chéri qui m'écrit qu'il m'aime.

Je m'assieds au bord du lit pour feuilleter les trois menus. Il y en a un avec du bœuf aux morilles, un autre avec de la pintade aux marrons. Je choisis le troisième avec du saint-pierre, plus léger pour notre mariage qui a lieu en mai. J'envoie un mail à Jean pour lui dire que j'ai fait mon choix.

J'ai hâte d'être en mai pour manger du saint-pierre, porter ma belle robe blanche et dire oui à l'homme de ma vie !

Avant de quitter la maison je tire la couette sur notre lit puis je range les chaussettes vertes de Jean sous son oreiller.

Ce matin-là, tout me met de bonne humeur. Toutes les petites choses. Une accumulation de petits bonheurs anodins qui présagent un GRAND bonheur, je le sais.

Quelques heures après le départ de Jean au bureau, je déjeune avec Joshua.

Il a deux têtes de plus que moi mais il reste mon petit frère, l'âge ne se mesure pas à la taille. Je passe ensuite chez mes parents pour récupérer des affaires que j'avais oublié de rapporter au studio. Je salue la gardienne, Mme Violette puis je fais un petit détour chez le fleuriste. On est le 8 ! Éric me jure qu'il mettra douze belles roses blanches de côté. Jean devrait passer les récupérer en sortant du bureau.

Je prends le métro. Il y a du monde. J'ai envie de crier mon bonheur à la rame entière.

J'ai rendez-vous pour un second rôle. Vers 18 heures, après le casting le plus improbable de l'Histoire (on m'a demandé d'imiter le chameau), je rentre chez nous, fatiguée.

Le stres du mariage envahit mon corps et puise toute mon énergie. Ma robe n'est pas encore prête, certains invités n'ont pas encore répondu et je ne sais toujours pas si je laisse mes cheveux détachés ou si je les place en chignon.

Je m'enfonce dans le canapé, un magazine féminin à la main et Miaou sur mes genoux.

J'attends Jean. Avec impatience.

À 19 h 55, il n'est pas encore rentré. J'appelle, il ne répond toujours pas.

Il est déjà arrivé à Jean d'avoir du retard, mais il prend toujours le soin de me prévenir par SMS au moins.

Un truc cloche.

Je rappelle Jean. Il ne répond toujours pas. Cinq sonneries et puis sa fichue messagerie. L'anxiété me gagne, c'est idiot. Je m'énerve et tourne sur moi-même comme le ferait mon chat.

À 21 heures, mon portable sonne. Numéro inconnu.

C'est Éric le fleuriste. Il parle tout doucement.

« Mademoiselle Anna, c'est Éric le fleuriste .

— Ah Éric…, dis-je déçue que ce ne soit pas Jean.

— Il est arrivé quelque chose à votre fiancé.

— Comment ça ? De quoi vous me parlez ?

— Il a eu un accident, les pompiers sont venus, je voulais vous prévenir, ils l'emmènent à Ambroise Paré à Boulogne.

Je reste silencieuse. Je sens en moi mon cœur éclater, ma gorge se nouer. J'ai peur.

— Mais quoi… quel accident… qu'est ce que vous racontez Éric ?

— C'est idiot, vraiment, mais ça va aller, ne vous inquiétez pas. Il a trébuché dans les escaliers, il est tombé sur la tête. Comme il était inconscient, j'ai appelé les pompiers. »

Mon souffle est coupé. Je m'effondre sur le bord du lit, mes yeux commencent à voir flou. Le trouble m'envahit.

Pourtant ça ne peut pas être vrai, c'est trop idiot, Éric a raison. Sans une larme, je quitte le studio.

Je prends un taxi et, comme une furie, je débarque aux urgences de l'hôpital. Les parents de Jean sont là. Son père est blafard, il semble avoir pris vingt ans en une heure. Sa mère hurle, assise sur une chaise, la tête entre les mains. Elle me fait penser à ces femmes désespérées dans les pays en guerre.

Je leur demande où est Jean, s'il est conscient, si je peux aller le voir. Son père m'explique ce qui s'est passé. Il est énervé, effondré. Il bégaye et bute sur les mots. « Jean est allé t'acheter des fleurs… je sais pas… apparemment il ne trouvait pas ce qu'il voulait… tu connais Jean… toujours perfectionniste… alors il est descendu au sous-sol pour en choisir d'autres… mais quel con, quel con ! Il a loupé une marche ce con… il est tombé… comme un môme… il est tombé, tu entends ? Sa tête a cogné… mais quel con… quel con. »

À ce moment-là, je ne pense pas au pire. On ne pense jamais au pire.

Simone, la mère de Jean se lève, me prend dans ses bras comme elle ne l'a jamais fait et ravalant ses larmes, elle dit juste : « Il va falloir être courageuse, Anna. Jean a eu un traumatisme crânien, il est mort. »

Chapitre 3

Je me suis évanouie. Pas longtemps.

À mon réveil, mes parents sont là. Gorge sèche, langue râpeuse, tête lourde.

Je demande à ma mère si tout cela est vrai, si je suis vraiment là, si Jean a réellement eu un accident chez le fleuriste, s'il est mort. Ma voix est calme. Je crois que je sais.

Les larmes de ma mère ne font que confirmer.

Je me relève avec force, la pousse et crie comme un animal qu'on égorge. Mon père tente de me raisonner : « Ça va aller, on est là Anna, ça va aller. »

Non ça ne va pas « aller », on vient de m'amputer, de me prendre la seule personne qui me faisait rire, le seul être aux côtés duquel j'avais envie de vieillir. Alors non, ça ne peut pas aller.

« Je veux le voir », j'exige.

Mon père pense que ce n'est pas une bonne idée. J'estime que j'en ai le droit, que Jean est presque mon mari. On ne peut pas me l'interdire.

La mère de Jean m'accompagne dans la chambre où il repose. Il est si beau. La mort n'a pas encore eu d'emprise sur lui. Il est paisible. On le croirait simplement endormi. Ses boucles blondes vivent encore sur sa tête d'où un filet de sang a coulé. Ses mains sont posées de part et d'autre de son corps immobile. Plus rien ne bouge, plus un souffle, plus une paupière, plus un sourire, plus rien.

J'embrasse ses lèvres, je le serre contre moi, tout contre, et dans le creux de son oreille, je lui chuchote que je l'aime.

Puis, j'écarte mon visage du sien et je pousse un cri.

* * *

J'ai fini par accepter d'aller dormir chez mes parents.

Je n'ai pas pu m'arrêter de pleurer. Impossible de me reposer. Comment me résoudre à croire que cette histoire est vraie ?

Je vais forcément me réveiller. Jean n'a pas pu mourir. Hier encore il m'embrassait ; hier encore ses mains fines parcouraient mon corps, il me disait « je t'aime ». Hier encore, il était là.

Non, ce doit être un cauchemar. Je vais me réveiller.

Je passe la nuit à lui téléphoner, à écouter sa voix demandant qu'on lui laisse un message après le signal sonore.

Je dis convaincue à ma mère « *tu vois bien qu'il n'est pas mort, son téléphone fonctionne, y'a même sa voix dessus, tu vois bien, écoute, écoute, écoute, prends le téléphone, il va écouter ses messages, ce n'était pas lui à l'hôpital, ce ne peut pas être lui, c'est une de ses mauvaises blagues, tu connais Jean, écoute sa voix, écoute, il a dû être coincé au bureau ou dans le métro, écoute maman, écoute sa voix, maman écoute* ».

Je ne sais pas si j'en suis persuadée ou si je veux m'en persuader. Maman me regarde de façon compatissante, avec une once de pitié aussi. Elle me tend un jus de fleur d'oranger au sucre roux « tiens bois, ça te fera du bien ». Non RIEN ne me fera du bien.

Je m'entends parler à ma mère au travers d'un long cri pénible « *Je veux mon homme, je veux me réveiller, non je veux dormir maman, aide-moi à dormir maman comme du temps où j'étais petite, chante-moi une berceuse, prends-moi dans tes bras maman, renifle-moi, dis-moi que tout cela va s'arranger puisque tout finit toujours bien, maman serre-moi, maman prends-moi dans ton lit, porte-moi maman, embrasse-moi derrière l'oreille droite, j'ai besoin de toi maman, aide-moi.* »

Maman me file un médicament pour que je dorme.

Réveil. J'ouvre les yeux difficilement. Je n'ai pas envie de me réveiller. Dormir me donne l'illusion que tout ça n'est pas arrivé. Pourtant après cette sieste forcée, je réalise. Il me faut admettre que le téléphone de Jean fonctionne toujours, mais pas lui. J'esquisse un sourire : c'est foireux de mourir et de conserver sa ligne téléphonique. Je ne pourrai jamais supprimer ce numéro, celui de mon homme. Ôter son nom de mon répertoire c'est le tuer moi-même, une seconde fois. Supprimer « chéri », c'est rendre sa disparition irrévocable.

J'essaye de me lever mais je ne le peux pas, je suis bancale.

Maman prend soin de me faire un thé et de balayer les mèches qui envahissent mon visage, derniers remparts contre le monde. Vacarme dans ma tête. Pauvre maman enchaînant les « ma chérie, ça va aller, tu vas te relever, faire ton deuil, te reconstruire, tu ne l'oublieras jamais ». Elle parle pour ne pas laisser place à ce qu'on nomme un silence de mort. Elle ajoute des phrases toutes faites. Dans sa bouche, une série de clichés défilent. Elle comble le vide.

Et puis elle revient à la dure réalité, celle qui fait que par des détails infimes, la douleur réapparaît plus vive, plus vraie. « J'irai chez toi pour récupérer tes affaires, tu vas t'installer ici, je préviens les invités pour le mariage, je vais m'occuper du chat aussi. »

Ironie du sort, je plains maman de ne pas savoir ajuster ses mots, elle me plaint du reste.

Chapitre 4

Lundi on enterre Jean. Cimetière de Pantin, 74e division, avenue des Platanes. Son adresse pour l'éternité.

Jean aimait bien les cimetières, surtout le Père Lachaise. Il disait que c'était l'endroit où il y avait le plus de célébrités au mètre carré. Ensemble nous avions marché dans les allées de ce cimetière de stars, nous avions même ri en nous demandant si la nuit Jim Morisson, Balzac, Delacroix et Jean de la Fontaine se prenaient des verres de chasse-spleen.

À Pantin, Jean va s'ennuyer, c'est sûr.

On le met dans une boîte. Lui qui détestait être enfermé, il allait devoir rester là sans pouvoir en sortir.

Je prends des cachets (un cocktail savoureux qu'on sert dans les grandes maisons pharmaceutiques) pour ne pas devenir folle. J'observe l'enterrement de loin, comme dans un rêve, comme si tout cela n'est pas réel. Être là sans être là.

Je suis debout, habillée en noir comme le veut la tradition. Je suis debout et pourtant je suis à terre.

Les gens me plaignent. Simone, la mère de Jean, s'essouffle dans un râle de larmes tandis que de parfaits inconnus me tendent leurs mains et me serrent dans leurs bras. Je me laisse faire, comme une poupée de chiffon. Certains connaissent Jean de la fac ou du travail. Un homme ose un « quelle perte pour le monde du droit ».

Quelle perte pour moi !

Ma tante, la sœur de ma mère, vaguement psychothérapeute, ne trouve rien de mieux que la cérémonie d'enterrement pour me réciter son cours sur le deuil « Anna chérie, il y a trois phases dans le deuil. Tu es dans la phase numéro deux, bientôt ce sera la phase numéro trois et après hop, tu passeras à autre chose, la route est longue ma chérie ». Connasse.

Il y a des discours, des éloges. L'assemblée s'attend à ce que je parle, mais aucun son ne sort de ma gorge sèche. Rien que des larmes.

Tout ce que je peux faire, c'est scruter les autres tombes en me demandant quelles ont été les vies de ceux qui y reposent, combien de temps ils ont vécu, combien ça fait 1929-1976 et de quoi on peut mourir lorsqu'on a 12 ans.

Je tremble. Je suis tombée et je le sais, je ne pourrai jamais me relever.

Jean et moi, on s'était toujours dit qu'on se disputerait quand on serait morts, dans notre tombe commune. Mais avec qui va-t-il se disputer, lui qui m'abandonne au monde trop tôt ? Voudra-t-il encore de moi dans son tombeau si je viens à mourir dans soixante-dix ans ? Pourrai-je être enterrée avec lui comme on se l'est promis ? Serai-je alors assez belle à quatre-vingts dix ans pour Jean dont la jeunesse et la beauté resteront intactes pour l'éternité ?

Mon Dieu ! Mon Dieu ! Mon Dieu !
Laissez-le-moi

Encore un peu,
Mon amoureux
Un jour, deux jours, huit jours...
Laissez-le-moi
Encore un peu
À moi... ?

Quelle ironie, Jean n'est même pas là pour participer à ce déversement d'amour. La vie est mal faite, on devrait pouvoir assister à son propre enterrement…

Il aurait détesté, c'est certain.

Et maintenant que vais-je faire ? De tout ce temps, que sera ma vie ? De tous ces gens qui m'indiffèrent, maintenant que tu es parti...

En fait je n'y crois pas, je suis sûre qu'il est avec Marylin et Elvis en train de siroter une bière. Les étoiles ne meurent jamais.

Et puis on ne meurt pas en achetant des fleurs à sa chérie. C'est bon pour les comédies romantiques, pas dans la vraie vie. Ça ressemble à une blague. C'est trop idiot, trop improbable, un peu comme Claude François dans sa baignoire quoi.

Petite, j'avais fait une liste des morts les plus cons.

— Mourir en faisant de l'apnée dans son bain à 6 ans.

— Mourir en s'étouffant avec une tartine de Nutella mal dosée.

— Mourir après avoir essayé de voler comme Marty Mc Fly dans *Retour vers le Futur*.

— Mourir de rire devant un film avec Louis de Funès.

— Mourir de tristesse devant *Bambi*.

— Mourir de honte lorsque ta mère te met une robe à smocks.

— Mourir en faisant le jeu de la tomate dans la cour d'école.

En aucun cas, il n'y avait mourir chez le fleuriste en composant un bouquet de roses blanches à son amoureuse.

Les roses blanches ça porte malheur. Comme dans la chanson de Berthe Sylva.

Chapitre 5

Les journées filent. Depuis la mort de Jean, j'habite chez mes parents.

Papa a rapatrié Miaou, notre chat. Je passe mes journées à pleurer et à dormir. Emma, ma fidèle amie, vient m'embrasser un jour sur deux. Paul et Adrien sans doute trop affectés par la mort de leur meilleur pote m'ont simplement envoyé un SMS commun « On est avec toi ». Au théâtre, je me suis fait remplacer. Maman a annulé le mariage, le traiteur, le poisson, la salle, la robe.

Dois-je restituer les cadeaux des invités ? Mon père déclare que j'ai d'autres choses à gérer.

Je crois que c'est à cette époque que je commence à me parler à moi-même à haute voix. Ça me rassure. Ça me donne le sentiment d'être accompagnée en permanence.

Je ne peux plus appeler Jean, ses parents ont résilié la ligne. Seule une voix féminine annonce que le numéro est indisponible.

Un lundi matin, quelques semaines après le drame, je décide qu'il est temps de retourner chez nous. Le désir subit de faire un peu de rangement et de voir l'appartement. Plus que tout, l'envie de me coucher dans notre lit et d'être seule. Si la cohabitation avec mes parents m'a sauvée, elle commence à me peser. Retourner vivre chez ses parents à l'âge adulte n'a rien de logique.

Je sors enfin seule dans la rue. Je suis hagarde, maigre et pâle. Ma peau est jaunie par la peine. Cela contraste avec la brune pulpeuse que je suis habituellement. Je baisse la tête, me demandant comment le monde tout entier n'est pas dans le même état que moi alors que Jean est mort.

La vie continue de grouiller, les feux passent au rouge, les gens téléphonent, les voitures roulent, les enfants vont à l'école.

Pourquoi le monde ne vacille pas depuis la disparition de mon amour ? Ainsi donc tout va continuer comme si de rien n'était. Pour moi c'est le vide, le chaos, la fin du monde. Je veux alpaguer les passants, leur dire « hey mais où cours-tu comme ça, sais-tu Jean est mort ? Tu ne dois pas le savoir sinon tu pleurerais avec moi ! Hey arrêtez tout JEAN EST MORT ». Au lieu de ça, j'avance en baissant les yeux comme une condamnée.

* * *

Comme il est dur de retourner dans les lieux où l'on a vécu avec des êtres qu'on a aimés et qui ne sont plus ! Revenir chez nous est plus dur que je n'aurais imaginé.

Il y a d'abord son parfum, qui imprègne encore notre studio. Un instant, j'ai même pensé qu'il était là, que j'avais inventé sa mort pour donner à ma vie un aspect romanesque. Ensuite, le frigo rempli de bières, celles de Jean, puis les photos de nous deux, partout jusque sur les murs des toilettes. Et puis, le bac de linge sale toujours rempli des affaires de Jean. Faut-il laver le linge sale d'un mort ?

Pour finir, la pile de courrier à ouvrir. Facture EDF, relance pour le club de sport, invitation au Salon du Mariage, publicité pour l'assurance animale, lettre du syndic.

Au milieu de tout cela, une enveloppe avec une écriture familière, celle de Jean. Le cachet de la poste indique une date. Le 8 avril. Le jour de sa mort.

L'idée m'effleure un instant : Jean n'est pas mort, évidemment ! Les morts n'écrivent pas de lettres. Il a mis en scène sa chute et sa mort pour que je réalise que son absence me serait insurmontable. N'était-ce pas lui qui un jour m'avait envoyé une lettre par pigeon voyageur ? Celui qui pense aux pigeons voyageurs peut bien être capable de simuler son décès !

Ce n'est pas lui, à Pantin, avenue des Platanes !

Pendant douze secondes, je crois possible que tout cela soit une vaste blague et que Jean se soit joué de nous tous.

J'ouvre la lettre. J'ai peur. Je me cache presque dans la salle de bains, comme pour éviter le regard des autres. Mais il n'y a personne chez nous. Il n'y a que moi.

Tout à coup, j'ai huit ans, je suis une petite fille qui reçoit une lettre du Père Noël. Mon cœur bat, mes mains tremblent.

J'ouvre délicatement l'enveloppe, je ne veux pas abîmer cette preuve. La première chose que je remarque c'est l'odeur de son parfum qui s'échappe de l'enveloppe au moment où je sors la lettre. Habit Rouge.

Je la tire de l'enveloppe. Elle est pliée en quatre. Jean avait ce tic.

L'écriture ne permet plus aucun doute. Il s'agit de celle de Jean.

Jeudi 8 avril 2004,
Ma jeune fille,

Je trouve que nous avons (encore) perdu cette jolie habitude de nous écrire régulièrement. C'est dommage ! C'est toi même qui a lancé l'idée des lettres alors hop hop hop, reprends-toi George !

Je voulais juste te dire que je t'aime ! Je suis au bureau avec un client. Il pense que je suis en train de prendre des notes sur son cas alors que je t'écris.

Si je vais lui facturer l'heure de consultation ? Bien sûr, j'ai un mariage à payer, moi, Madame !

Ce matin en partant, je t'ai regardée dormir, Dieu que tu es belle quand tu dors ! Je me suis approchée pour t'embrasser mais tu ronflais… je te le promets. Je ne suis donc plus le seul à ronfler dans cette maison (sans parler de Miaou évidemment) !

Je suis heureux avec toi, tu es ma lumière du jour, mon unique amour, je bénis les sushis qui m'ont mis sur ta route.

Je t'aime.
Jean.

Mes doigts tremblent, mon cœur explose. Je m'allonge sur notre lit, recroquevillée sur moi-même avec la lettre contre mon ventre.

On ne devrait jamais recevoir les lettres des morts.

* * *

Rester seule dans cet appartement est insurmontable. Tout est vide sans Jean. Vide de vie, vide de sens, vide d'amour. Je suis vide. Alors je retourne chez mes parents, au bercail, aux origines. Besoin d'être entourée par mes géniteurs. D'être une enfant à qui on cache la violence du monde, une gamine insouciante. Ne rien faire, manger ce qu'on me prépare, me faire lire des histoires, dormir, laisser le temps passer…

J'ouvre mon agenda. Nous sommes le 8 mai 2004. Dans mon agenda j'avais écrit à cette date-là « MARIAAAAAAAGE » suivi de quatre points d'exclamations.

On aurait dû se dire « oui » aujourd'hui.

À la place, la mort a pris silencieusement la parole.

On aurait dansé, on aurait ri, on aurait fait des discours foireux. Après la fête on aurait fait l'amour. Et évidemment on se serait juré « le pire et le meilleur ».

APRÈS JEAN

Chapitre 1

Les mois ont filé, les larmes ont coulé. L'incapacité au bonheur est restée.

Un beau matin, après avoir pleuré pendant cinq mois, je décide d'arrêter. Ça me prend comme ça, l'envie de mettre mes larmes au placard. Sans doute parce Jean aurait aimé que je sois dans la vie, dans l'action, dans le non-renoncement. C'est ce qu'il aimait chez moi.

Je me dois de continuer à être moi, pour lui, pour moi, pour nous. J'annonce à mes parents que je retourne vivre chez moi avec le chat « *oui, oui ça ira et puis j'ai Miaou avec moi, il me protégera tel un félin ! Je vais reprendre les castings et me remettre à bosser une pièce de théâtre, si, si je vous promets, Emma va passer régulièrement, c'est ma meilleure amie faites-lui confiance, je sais que Jean serait fière de moi, j'ai besoin de me retrouver un peu seule, n'ayez pas peur, ça ira mais oui ça ira maman ! Maman tu sais que je suis forte, je t'aime, merci pour tout, je vous aime. On s'appelle ce soir !* ».

Nous convenons d'un rendez-vous téléphonique tous les deux jours sans quoi ma mère ne tiendra pas, je le sais.

Ces derniers mois, mes parents ont été exemplaires. Je ne peux pas en dire autant de ceux de Jean qui ont préféré rompre le contact avec moi, alors qu'ils répétaient sans cesse que j'étais comme leur fille. Pas d'autre explication que « Anna, on t'aime, mais c'est trop dur pour nous, c'était notre fils unique ».

Il y aurait donc plus de douleur à perdre un enfant unique qu'un enfant perdu au milieu de frères et sœurs. Cela les condamnait à cesser tout contact avec celle que Jean avait aimée, à ne plus se faire signe par peur de remuer le passé.

Et pourtant, Jean, tout fils unique qu'il était, avait été livré à lui-même dès son plus jeune âge, des week-ends entiers. Il me disait souvent en plaisantant qu'il savait déjà tenir une maison à treize ans. Une petite blessure qu'il portait en lui, néanmoins.

Ses parents l'aimaient. Mais de loin. Comme on aime un cousin. Chez Jean, point de câlins de sa mère, point de repas de famille interminables ou de fou rires. Tout était propre et bien rangé dans leur salon comme dans leur cœur. Il enviait un peu, gentiment, la folie douce qui régnait dans ma famille.

* * *

Ce matin-là, je me réinstalle dans le studio, rue Desaix. Je décide de garder les placards de Jean tels quels, de ne pas laver son linge sale. Je conserve ses bières au frigo, ne change même pas les draps dans lesquels nous avions dormi et fait l'amour. Je laisse quelques photos de nous, posées ici et là. Je mets toutes nos lettres dans une boîte et je les cache sous le lit. Après tout ce rangement, je peux enfin m'allonger sur notre lit, Miaou dans les bras et encore une vague odeur de mon homme sur le traversin.

Les premiers jours du reste de ma vie, je les passe à dormir, incapable de me lever ou de faire autre chose que pleurer. Emma mon amie de toujours, ma bonne fée à qui j'ai laissé le double des clés, m'apporte à manger chaque soir et me veille comme on veille les malades ou les fous. Mon corps engourdi ne peut pas tenir debout, dans cette position qui donne de la dignité aux hommes. Je suis voûtée, avachie, molle, fatiguée. Je ne trouve de plaisir qu'en écoutant *Lumière du jour* de Michel Berger, notre chanson. Tant de souvenirs en somme, que je ne sais plus si c'est un plaisir ou une torture. Emma me force à laper la soupe comme un animal. J'ai des nausées. Je me sens incapable à tout jamais.

Chapitre 2

Au fil des semaines et des appels de mes parents, je retrouve l'envie. Ce sentiment vital qui s'était détaché de moi comme un enfant qui s'émancipe, revient. L'envie revient !

Je me mets à ranger, à trier, à jeter, à sourire lorsque je retrouve une photo de nous grimaçant. Je me prends à être émue en mettant la main sur le stock de boîtes de Tic Tac menthe que Jean adorait, à relire les milliers de lettres échangées, à essayer ses pulls et ses chaussettes vertes porte-bonheur, à dépoussiérer son diplôme d'avocat mal encadré.

Je cherche sur certains clichés de nous. Cela se voyait-il qu'il partirait en premier ? Un regard sur les photos pouvait-il donner un indice de sa disparition prématurée ? Un peu comme quand, enfant, je cherchais des signes. *Si je marche quatre fois sur les bandes carrées du trottoir il va se passer ça, si ce garçon me regarde à trois nous allons nous marier, si Jean a le regard dans le vide sur ces images, il va mourir avant d'avoir vécu.* C'est idiot.

Mais l'envie va et vient. L'envie joue des tours. Elle est venue, mais elle repart aussitôt. J'en viens à faire des choses stupides. J'insulte Dieu et ses acolytes, je crie souvent seule le soir, persuadée que Jean est sous la douche et qu'il va m'entendre. Je me laisse aller : je ne change plus la litière de Miaou, tire la chasse d'eau quand j'y pense, ne me lave plus. Il m'arrive même de passer l'après-midi à appeler le fleuriste en numéro masqué pour l'insulter d'avoir un sous-sol dans sa boutique. Pendant deux mois, quasi quotidiennement je me suis pendue aussi. Sans jamais réussir à bouger la chaise du dessous de mes pieds par manque de courage.

À me laisser aller ainsi, enfermée dans ce studio, je deviens folle. J'en conclus que j'ai envie de mourir. Comme nous sommes le 2 novembre, fête des morts ça tombe bien. Mourir le jour de la fête des morts c'est un peu comme naître dans une étable le 25 décembre. C'est bien, c'est propre, c'est logique. J'envoie aussitôt un SMS à Jean pour le prévenir de me faire une place à côté de lui. Le SMS me revient. Abonnés absents.

Avant de mourir, il me prend l'envie (la nécessité ?) de boire. Je vide les fonds de bouteilles de whisky et de cognac que Jean avait reçues pour ses vingt-cinq ans. Je bois jusqu'à oublier qui je suis, jusqu'à ce que mon esprit soit confus, flou comme une vieille photo. Je bois jusqu'au dégoût. Je m'écroule à même le sol.

Au réveil, je vomis.

Délestée de ma misère que j'ai vomie, j'entre subitement dans une frénésie folle, un désir absolu de vie… Comme un ordre, une évidence, une sommation.

Sous la douche, je me nettoie de mon ascension alcoolique de la veille. Faire peau neuve. Je change les draps, lave enfin les affaires sales de Jean à la machine. Assise en tailleur devant la machine, je suis happée par son mouvement circulaire. Je trouve cela magique. Curieusement cela m'apaise. On met du sale dans une machine, il ressort du propre. Ce serait génial de créer une machine à redonner la vie aussi. On mettrait les morts dedans, on programmerait « lavage, séchage, vie » et hop, le mort reviendrait à la vie.

Je range les fringues de Jean dans des boîtes en plastique et j'efface son numéro de mon répertoire. Je prends une grande respiration en me répétant « ça va aller, ça va aller ».

Je téléphone à mon agent pour qu'elle me trouve des castings.

Puis j'envoie ce SMS à mes proches.

« Ça va être compliqué pour vous et moi. Besoin de quelques mois seule pour me reconstruire. Je vous enverrai des messages pour vous dire que je vais bien, ne vous en faites pas. On se verra de temps en temps mais laissez-moi vous appeler. Si vous m'aimez, respectez ce choix. »

Quelques minutes plus tard, ma mère me téléphone. Évidemment. Je la rassure en lui promettant de lui donner régulièrement des nouvelles.

J'ai pris une grande décision, puisque Jean est mort, il me faut retrouver un autre Jean.

* * *

Jean et moi regardions souvent des vieux films. Nous avions beaucoup aimé *Vertigo*, un film d'Hitchcock, dans lequel un homme tombe amoureux du sosie de sa défunte amoureuse. Il l'oblige à s'habiller et à se coiffer de la même manière que celle qu'il a perdue.

Dans les jours qui ont suivi la mort de Jean, j'ai revu ce film plusieurs fois, sans savoir exactement pourquoi, en boucle, de façon mécanique.

Je sentais que ce film était important pour moi. En quoi Alfred Hitchcock allait-il me ramener Jean ?

Et puis, en le regardant pour la sixième fois ce matin du 3 novembre, j'ai compris. Comme une évidence.

Puisque Jean m'avait abandonnée à la vie, j'allais lui trouver un double.

Chapitre 3

Comment trouver un mec (qui soit le sosie de ton ex) ?

Je n'ai jamais eu à chercher l'amour puisqu'il est venu à moi tout seul. Selon Emma, tomber sur un mec qui ne soit pas un pervers ou un déglingué, à Paris, relève de l'exploit. Alors en trouver un qui soit en plus le sosie de Jean risque de se transformer en double peine.

Comme une ado, je prends un stylo et une feuille blanche et j'établis la liste des différentes possibilités qui s'ouvrent à moi.

1/ Aller en boîte.

2/ Draguer dans une expo.

3/ Passer une annonce sur Meetic.

4/ Mettre une annonce dans *Libé.*

5/ Faire appel à une agence d'escort boys (j'ai vu ça dans un film américain un après-midi de loose sur M6).

Ensuite, au verso de la feuille, je fais la liste de ce que j'attends de mon Jean Bis :

– qu'il soit grand ;

– qu'il ait des mains fines mais viriles ;

– qu'il possède un sourire ravageur et une bouche aux lèvres charnues ;

– qu'il ait des boucles blondes mais pas trop blondes ;

– qu'il soit beau ;

– qu'il n'ait pas trop d'ambition et ne pose pas trop de questions ;

– qu'il ne soit pas tatoué.

N° 1 : Aller en boîte de nuit

M'enfermer dans une boîte comme Jean dans son cercueil pour danser sur des musiques que je n'ai pas choisies, ça ne me dit trop rien, en fait.

Mes copines du cours Florent m'ont raconté que le Bus Palladium est « ze place to be » alors j'enfile un pantalon noir, un top rouge décolleté, des bottines vernies et je m'y rends.

Une fille mignonne qui veut aller en boîte à Paris rentre sans même avoir à claquer la bise au videur. Une fois dedans, je joue le jeu. Un type roux m'offre un verre de vodka/orange. Il me demande mon prénom, si je suis seule, ce que je fais dans la vie et si je viens souvent.

Dix minutes plus tard, je l'abandonne à ses grands discours sur le sens ultime de la vie pour aller danser sur la piste. Je scrute tous les hommes pour trouver ma proie.

Un beau brun me prend par la main, me fait tourner, se colle contre moi. Mais il n'a rien de commun avec Jean. Pourtant ma conscience, prête à me pousser dans n'importe quels bras, me murmure « *Oh allez c'est pas grave Anna, tu t'en fiches, vas-y fonce, s'il te plaît, tu vas pas nous faire chier avec ton histoire de sosie* ». Mais je me tiens à mon projet.

Je sors fumer une cigarette. Après avoir arrêté la clope sous l'influence de Jean, je recommence sous ma propre influence. Un type me demande du feu. Il remplit tous les critères : grand, boucles blondes, beau, mains fines mais viriles. Mais un accent marseillais à couper au couteau. Rédhibitoire.

« Quelle angoisse cet accent » je prononce à voix haute. Il entend tout. Fâcheuse habitude !

C'est là que je remarque le videur.

On se sourit ; il est drôlement beau et me fait penser à Jean. Je suis fatiguée. Il me propose de rester au chaud et de l'attendre pour boire un dernier verre (je hais cette expression, c'est sûrement ce que Judas a dit à Jésus au moment du dessert de la Cène) d'ici une trentaine de minutes. Je retourne me trémousser seule sur la piste en fermant les yeux et je l'attends.

Il est 3 heures quand il arrive enfin. « Je te paie un verre ? »

Je hausse les épaules. Ça commence mal. Je ris. « Non, c'est moi qui t'offre un verre. »

On s'assied dans un canapé en velours rouge. Il ne reste plus que nous. Je suis nerveuse. Il me saisit la main tout en me parlant de son boulot, « une consécration, c'est un haut lieu de la night ». Son rêve : être Vin Diesel « ou au pire Jean-Claude Van Damme ». Et, posant sa main droite sur mon genou, il m'annonce fièrement « sexuellement parlant, j'aime tout ». Je rougis.

Il enchaîne « on va chez toi ou chez moi ? ». Je ris de nouveau.

On va chez lui. Une envie de sexe. On ne pense jamais assez à la misère sexuelle des veuves. J'ai envie qu'on me touche, qu'on caresse mes seins, qu'on lèche mes tétons, qu'on me pénètre avec fougue, qu'on y foute la langue et surtout pas les sentiments. Chez Jean-Marc, dans son studio du 20e, on baise. Sans se juger, sans tabous, juste pour le plaisir. J'aime franchement ça. Cette nuit-là, on ne dort pas. On se touche, on se colle, on s'emboîte l'un dans l'autre. Au petit matin je le remercie.

Je rentre chez moi en prenant soin d'être discrète comme une ado qui fait le mur. Mon chat me regarde. Je crois qu'il se moque de moi. J'enfile le sweat trop grand de Jean et je m'endors.

Seule. Ni franchement heureuse, ni franchement malheureuse. Juste bien d'avoir été prise pour ce que j'étais : une femme.

N° 2 : Draguer dans une expo

Je me suis endormie vers 6 heures, la tête du chat sur mon ventre. Vacarme dans ma tête.

J'émerge vers midi, Miaou se frotte à moi et miaule famine. Je prends un grand thé vert (comme les stars de cinéma, en mode détox). Je me mets à repenser à ma soirée de la veille, à ce videur improbable et à ce bien fou que ça m'a fait de baiser. Pourtant, pour trouver mon homme, le sosie de Jean, je vais tenter la deuxième méthode : draguer dans une expo. J'ai lu dans un magazine féminin que les expos sont des lieux propices aux belles rencontres.

Je m'imagine la scène. Moi devant *L'Origine du monde* de Courbet, un bel Américain dubitatif devant l'œuvre, moi me rapprochant de lui à coup de pas chassés petits et discrets, lui toujours dubitatif, moi effleurant sa main et lui demandant dans un anglais approximatif « this is bioutifoule, non ? Ze origine of ze monde », lui me regardant d'un air méprisant, moi lui souriant comme une gamine, lui riant fort comme un Américain (Ahahahahhahhahahaoha), moi qui rougis, lui qui me demande si on va chez moi ou dans son hôtel situé à « Moumartwe », moi qui ai envie de fuir. Moi qui fuis.

Mais rien ne se passe comme je l'ai imaginé. D'ailleurs, rien ne se passe jamais comme prévu.

Je décide d'aller voir l'expo « Turner, Whistler, Monet » qui a démarré un mois plus tôt au Grand-Palais. Comme il fait beau, j'y vais à pied en traversant la Seine par le pont Alexandre III afin de rejoindre la rive droite et le Grand-Palais. Marcher sous le soleil hivernal de Paris est une chance. Paris est une chance.

Une fois devant le musée, la queue est si longue – un dimanche c'est normal – que je vais renoncer à la faire lorsqu'une jeune fille m'accoste. Elle m'a sans doute vu rouspéter et parler seule. D'une voix timide, elle me demande si je veux bénéficier de sa deuxième entrée coupe-file, sa « copine l'a plantée ». Je n'hésite pas longtemps devant cette opportunité. On passe devant tout le monde.

Cela fait partie de mes petits plaisirs de la vie, ne pas faire la queue.

Liste des petits plaisirs de la vie :
– *ne pas faire la queue ;*
– *faire pipi quand on en a envie ;*
– *boire quand on a soif ;*
– *s'endormir en lisant ;*

- *manger du chocolat noir ;*
- *réussir son créneau du premier coup ;*
- *voir le bus arriver pile au moment où tu arrives à l'arrêt ;*
- *retrouver 20 euros au fond d'un sac ;*
- *apprendre que ton ennemi a la gastro ;*
- *prendre un bain chaud ;*
- *rire fort ;*
- *manger le dernier gâteau du paquet ;*
- *écouter David Bowie et Barbara ;*
- *faire la sieste ;*
- *toucher le sable avec ses pieds ;*
- *mettre du rouge à lèvres bien rouge ;*
- *retrouver la chaussette qui manquait à la paire.*

Une fois dans le Grand-Palais, je tends ma main à la jeune fille « Merci, je m'appelle Anna. C'est vraiment sympa de m'avoir fait rentrer comme ça ».

Elle refuse ma main, s'approche pour me faire la bise et me répond qu'elle s'appelle Kate, qu'elle est étudiante en première année aux Beaux Arts et que son peintre préféré est Turner puisque sa mère, Anglaise, l'a bercée à ses peintures toute son enfance.

Ce n'est pas en accompagnant cette jolie nana que je vais rencontrer mon touriste américain, mais étant donné qu'elle m'a fait griller la queue, je ne peux pas l'abandonner pour visiter seule l'expo.

Très vite, dès la deuxième salle, Kate m'attrape le bras comme une amie de longue date. Moi je ne suis pas du genre tactile, mais là je me laisse faire. Je la trouve agréable, souriante, apaisante. Elle est joviale et je crois que ça me fait du bien.

Dans la quatrième salle, je repère un type franchement beau et qui ressemble beaucoup à Jean, mais j'ai cette fille accrochée à mon bras et je m'imagine mal draguer ma cible avec elle. Par un jeu d'acrobaties digne des pirouettes de Nadia Comăneci, je parviens à me libérer d'elle, mais elle me rattrape par l'autre bras aussi vite que Lucky Luke courant après son ombre.

En plus d'être charmante, Kate a la qualité de porter un parfum d'homme, pas n'importe lequel, Habit rouge. Sentir cette odeur, c'est idiot, me permet d'imaginer que Jean est là, pas loin. J'ai l'audace de lui confier que son odeur ne me laisse pas indifférente. Pour toute réponse, elle me sourit et me serre un peu plus fort contre elle. À la fin de l'expo, il est 17 heures, j'ai mal à la tête de ma soirée de la veille. La nuit a déjà envahi le ciel parisien. Je lui dis « merci Kate, j'ai passé un super moment ».

Mais Kate n'a pas envie qu'on se quitte. Elle me propose d'aller boire un thé en face dans les jardins du Petit-Palais. Je n'ai pas grand-chose de prévu si ce n'est de poursuivre mon GRAND PROJET (et de nourrir mon chat) alors j'accepte. Après tout, cette fille est chouette et elle sent bon.

Elle m'attrape de nouveau le bras de façon presque brusque et me tire dans les escaliers en riant fort et de bon cœur. On dirait une gamine de sept ans. Je la suis. En bas des escaliers du Grand-Palais, elle me fixe. Ses pommettes rougies par le froid mettent en valeur ses yeux bleus. Elle est jolie. Sans que je m'y attende, elle fait glisser sa main sur ma joue avec une virilité surprenante. Je reste muette. Puis elle saisit mes deux mains et les serre entre les siennes, comme pour qu'on se réchauffe ou qu'on se donne de la force. Ou bien les deux ensemble. Là encore je me laisse faire. Un fluide chaud envahit mon corps.

Je réalise que Kate a peut-être envie de « quelque chose » avec moi. Et si j'en avais envie, moi aussi ?

Je suis venue pour rencontrer un Américain sosie de Jean et voilà que je suis en train de me laisser séduire par une étudiante anglaise. Je suis flattée. Je ne sais pas ce qui me prend : je m'approche d'elle pour l'embrasser. Une pulsion. Elle rit « toi tu n'as jamais embrassé de fille, je parie ». Je baisse les yeux timidement. Ainsi donc, ça se voit tant que ça ? Je rétorque gênée « non en effet, je suis désolée, je ne sais pas ce qui me prend, je suis un peu perdue en ce moment. Et ton parfum… ».

Kate pose son index sur ma bouche. Elle murmure « let me do it » et m'embrasse en retour. C'est bon. Je ne me soucie même pas de ce que les autres, les passants, peuvent penser ou voir. Je suis bien. Et je m'en veux d'être bien.

Je suis là sur les marches du Grand-Palais à embrasser une fille. Je n'ai jamais imaginé qu'un jour cela m'arriverait. Tout cela est surréaliste.

« Anna, je sais bien que cela ne t'est jamais arrivé, mais il faut laisser la vie te porter. *You know?* Il ne s'agit pas d'une demande en mariage ! Just a small *moment volé*. J'ai très envie de toi. Tu habites loin ? » demande Kate.

Non pas chez moi, pas chez nous, pas dans le lit de Jean, non cela ne peut pas arriver.

Je prends peur, il me faut fuir. Alors je fuis. Je me mets à courir. Rapidement sans me retourner, sans me soucier de ce que Kate va penser de moi, sans me dire que je suis conne, qu'on aurait pu aller ailleurs, que tout cela est plutôt positif finalement, que cette fille est mignonne comme un cœur, que coucher avec elle ne signifie pas autre chose qu'une heure ou deux de plaisir, que je vais mourir idiote de n'avoir jamais eu d'expérience homosexuelle, que la vie m'offre cette chance et que Kate est la nana parfaite pour ça. Non je cours à en perdre mon souffle, à en perdre mon chemin, à en perdre la tête.

J'arrive essoufflée place de la Concorde, face à l'obélisque (qui contrairement à ce que je pensais jusqu'à mes treize ans n'avait rien à voir avec Astérix), où je stoppe ma course folle. J'espère que Kate m'a suivie comme dans un film américain avec Julia Roberts. Mais non, elle n'est pas derrière moi. Il n'y a derrière moi que mon ombre de pauvre imbécile.

Je rebrousse chemin jusqu'au Grand-Palais, mais Kate s'est envolée. Et j'ai mal. J'aurais voulu effacer ma fuite, accepter mes envies pour enfin aller de l'avant. Mais j'en suis incapable ; je suis paumée et j'ai peur.

L'âme vagabonde, sous le ciel noir et étoilé de Paris, je rentre chez moi à pied. Un peu vacillante.

Après une douche brûlante, je me couche avec le pull de Jean. Seule dans ce lit deux places, sous le regard curieux de mon chat.

N° 3 Passer une annonce sur le site Meetic

OK très bien, j'ai loupé mon plan drague au musée, je suis passée à côté d'une expérience homo, mais je ne vais pas renoncer à mon GRAND projet. Emma, qui s'y connaît, a souvent évoqué Meetic, un site de rencontres. Elle prétend avoir trouvé deux, trois mecs pas mal avec qui elle a eu des histoires de cul surtout.

Je décide de m'inscrire.

Sur Meetic, on demande à l'internaute s'il est un homme qui recherche une femme, un homme qui recherche un homme, une femme qui recherche un homme ou une femme qui recherche une femme. Moi je suis une femme qui recherche son amour perdu mais ça, on ne me le propose pas. Alors je coche que je suis une femme à la recherche d'un homme.

Ensuite, on me demande ma date de naissance, sans doute pour savoir si je suis majeure. Au moment de trouver un pseudo, naturellement, je choisis Anna.

Mais c'est déjà pris. C'est d'un banal, Anna ! Alors je mets Anna75. Pris aussi. Sur les conseils de mon chat, j'opte pour son prénom, Miaou. Ça marche !

À l'étape suivante, des questions bizarres me sont posées.

Êtes-vous prête à vous engager dans une relation ?

– c'est mon souhait

– pas du tout

– laissons faire le hasard

– je le garde pour moi

Comme je suis d'un classicisme fou je coche « c'est mon souhait ».

Puis on me demande mon statut marital avec comme choix

– jamais mariée

– veuve

– séparée

– mariée

– divorcée

– je le garde pour moi

Problème : je ne me suis pas mariée mais presque, donc pas veuve mais presque ; séparée oui par la mort et divorcée non pas du tout. Je me dis que les nanas qui mettent « veuve » sont franchement courageuses car contrairement à la légende, c'est tout sauf joyeux. Je me demande d'ailleurs quel est le taux de personnes veuves qui s'inscrivent sur ce genre de site.

Alors, comme je ne rentre dans aucune catégorie (rentrer dans des cases, toujours, toujours, ce que c'est lassant) et que j'ai prévu de cacher l'existence de Jean à ma proie, je choisis « je la garde pour moi » ce qui est une option remplie de mystère. Et le mystère, c'est bien.

Meetic me demande enfin si j'ai des enfants ou si je veux le garder pour moi. N'en n'ayant pas et trouvant cela étrange de garder ses enfants pour soi, je coche « non ». Ça me fait penser à la chanson de Bourvil, *Les Crayons*, « *C'est tout de même malheureux de voir ça, pas reconnaître son enfant... faut pas être physionomiste ! Il m'semble que si j'avais un enfant je le reconnaîtrais !... à condition qu'il me ressemble !* »

Le plus drôle arrive avec les traits de caractère qui doivent me définir. Je dois cocher à ma guise pour dire si je suis plutôt

– ***attentionnée***
– ***réservée***
– ***aventureuse***
– ***sensible***
– ***calme***
– ***sociable***
– ***conciliante***
– ***spontanée***
– ***drôle***
– ***timide***
– ***exigeante***
– ***fiable***
– ***fière***
– ***autre***
– ***généreuse.***

J'aimerais tout cocher mais impossible, je ne peux choisir qu'une seule option ! Comme si une personnalité ne se résumait qu'à cocher une case. Après hésitation, je coche « conciliante », ça me semble être un bon trait de caractère.

Je dois ensuite indiquer une de mes manies. J'ai le choix entre des trucs aussi absurdes et risibles que « je n'ai pas le sens de l'orientation » ou « je photographie tout ce que je mange » ! Je souris face à mon écran en imaginant ces personnes qui ne peuvent s'empêcher de filmer et de photographier leur assiette de concombres à la crème pour la mettre sur les réseaux sociaux avec des hashtag improbables comme #pornfood, #iloveconcombres, #concombresdamour.

J'opte finalement pour « je ris à mes propres blagues ». C'est franchement une manie à la con. Jean l'avait. Le paroxysme du narcissisme, il faut en convenir.

Jean répétait ses blagues deux fois avant d'en rire le premier. J'aimais ça, j'aimais tellement ça.

Au moment de la description physique, je choisis d'être honnête : brune, peau mate, yeux marrons, cheveux bruns et longs, de silhouette pulpeuse (il y avait l'option trapue – quelle femme peut franchement mettre qu'elle est trapue ?). J'ajoute que je suis française, athée, actrice, que je possède un chat, que j'aime le théâtre et la musique classique, que je recherche un homme entre vingt-deux et trente ans, mesurant environ 1 m 80, de silhouette mince, jamais marié, qui soit drôle, attentionné et sociable.

Enfin, je rédige une petite annonce « Jeune femme, vingt-cinq ans, recherche homme même âge, sans attache, blond, pour aventure très originale ». J'ajoute comme photo de profil celle Monica Bellucci – tant qu'à faire – et hop, j'attends devant mon écran, à la fois impatiente et effrayée.

À peine une heure plus tard, ma boîte est remplie d'une tonne de mails de prétendants meeticiens.

Ça va de Boubou22 qui veut me baiser à BradBitte qui me désire en passant par Nicolas.S qui, comme moi, photographie ce qu'il mange et pense que c'est une belle approche. Georges, soixante-douze ans, se demande si à son âge il peut encore prétendre à me rencontrer car « avec du Viagra ça peut le faire », Antoine D trouve que mon pseudo Miaou était un appel à me faire prendre la chatte (sic), Sam34567 qui mesure 1 m 59 mais possède d'autres membres bien grands… Bref un défilé d'obsédés. Emma avait raison, niveau cul, je suis servie.

Les messages reçus valent également le détour.

« *Bonsoir ke rch tu ? Un H pr des soirées coquines ou +. Biz.* »

Le très classe « *Salut Miaou, ça va ta chatte ?* ».

Et le géographique « *Tu as les cheveux noirs, qu'en est il de ton cul ?* »

Ou encore le presque drôle « *Tu haBITEs où ?* ».

Un message sur deux comporte des fautes d'orthographe et n'a pas de sens.

Sur tous ces mails, je ne reçois quasiment que des requêtes de baise puisqu'il faut bien nommer les choses. Non pas que je sois contre… mais là… Tous ces messages auraient pu me faire sourire, mais ils me glacent le sang. J'ai soudain la sensation d'être du bétail en proie à des loups assoiffés de sexe.

Les hommes en sont donc *vraiment* réduits à cela ? Une petite voix intérieure me souffle « tu aurais dû t'y attendre Anna ».

Ma tête est lourde. Je suis en colère. Quelle naïve je fais !

Quelle idiote de n'avoir pu empêcher Jean de mourir. Jamais je ne pourrai trouver un homme comme lui… jamais je ne me remettrai de lui, de nous.

Alors j'écoute Barbara parce que quand je vais mal j'écoute Barbara « Dis, quand reviendras-tu, Dis, au moins le sais-tu ? ». Et puis je désactive mon compte Meetic.

Curieusement sur ce genre de site on trouve des amateurs de sexe, mais rarement des mecs qui te proposent du romantisme et du rêve.

Mais Meetic décide de ne me plus lâcher, pugnace, tenace. On n'abandonne pas une femme chez Meetic, du pain béni pour les hordes d'hommes en quête d'aventures. Une certaine *Aurélie de Meetic* envahit ma boîte gmail pour savoir si ma décision de quitter le site est voulue ou si ce n'est pas une erreur. Dans quatre mails envoyés pendant la nuit, Aurélie me vante les bienfaits de Meetic « Vous pouvez y trouver l'amour », « Saviez vous que depuis quatre ans, 5 678 couples se sont mariés grâce à Meetic ? », « Ne restez pas isolée, venez partager et rire sur la communauté Meetic », « Be happy, think Meetic ».

Alors je change de boîte mail.

Et je pleure. Seule, toujours si seule.

Chapitre 4

Durant la nuit, je ne peux me résoudre à dormir. Mon corps épuisé le veut, mais mon esprit est en action. Suis-je partie dans la bonne direction ? Trouver un sosie de Jean s'avère complexe, voire insensé. Ne suis-je pas en train de devenir dingue, pathétique, irrécupérable ?

Le seul qui peut me répondre c'est Jean.

Le lendemain, je décide donc d'aller lui « rendre visite » comme disent les vieux.

Cimetière de Pantin, avenue des Platanes, 74e division. Sur sa tombe, une couronne de fleurs asséchées, des feuilles mortes ici et là, le marbre qui résiste déjà mal à la pluie. Et Jean, prisonnier dans cette boîte insignifiante.

Je m'assieds, à genoux, devant la tombe. Je me mets à lui parler. Étrange démarche que de converser avec une stèle. Je lui dis que je ne vais pas m'en sortir sans lui. Je l'implore de me donner un signe. Je pleure aussi. Comme une prière, j'entonne notre chanson *Tu es ma lumière* avant de me remettre à hurler. J'ai le sentiment d'être folle. En fait, je le suis.

Au bout de quelques minutes, je remarque un type qui se recueille sur la tombe d'à côté. Nos regards se croisent, le sien est teinté de pitié. « Quoi, c'est quoi votre problème ? » je lance avec agressivité.

Pourtant, en retour, il sourit avec bienveillance.

Je le toise. Il est calme. Il se dégage de lui un « je ne sais quoi » d'intrigant et de rassurant.

Mais non ! On ne rencontre pas de mecs dans un cimetière. Ça porte malheur. De toute façon, je n'ai pas mis cette option sur ma liste, « draguer dans un cimetière ».

La quarantaine, de petite taille, un ventre un peu bedonnant et des cheveux noirs, sorte de sosie d'Al Pacino en moins sexy : il ne ressemble en rien à Jean. Il s'approche et me sourit « Mademoiselle, vous allez trouver cela étrange mais je vous vois si émue, si triste et en colère que j'ai bien envie de vous consoler. Je suis venue rendre visite à ma mère. Qui êtes-vous venue voir ? »

Je pense « ce type est fou » mais je me surprends à lui répondre : « Mon fiancé, il est mort il y a quelques mois, j'avais envie de le voir, j'espérais un signe. » Il m'attrape la main. C'est incongru d'accepter cela d'Al Pacino devant la tombe de Jean. Je me laisse faire, trop fatiguée pour refuser. Il se met à marcher. Je le suis comme un enfant qu'on traîne, avançant à petits pas, avenue des Platanes.

Le froid et la peine m'ont anesthésiée. Je ne dis rien. Lui non plus. Nous sortons du cimetière (les cimetières c'est toujours très grand – en tout cas à Paris – on s'y perd, on met beaucoup de temps à retrouver la tombe qu'on cherche, on se dit qu'il faudrait un plan GPS et aussi une voiturette comme sur les terrains de golf) pour nous « poser autour d'un verre ». C'est lui qui le propose.

Au café « Ici mieux qu'en face » situé face au cimetière, assis côte à côte dans des fauteuils clubs, il commande un thé au jasmin, moi un jus d'abricot. Il s'appelle Edgar « sans d », a 42 ans, est divorcé « sans enfants » et travaille dans la restauration. Il ne me drague pas, il a simplement envie de discuter. Il me donne le sentiment de se sentir investi d'une mission vis-à-vis de moi. Je lui parle de Jean et de moi. J'évoque mon envie de continuer à vivre (je m'étais interdit d'utiliser l'expression « refaire ma vie ». On ne refait jamais sa vie, on fait semblant, on compose, c'est tout) avec un autre « qui ressemblerait en tous points à Jean ». Edgar est pris d'un rire étouffé. Il m'assure que je suis dingue.

Selon lui, il me faut repartir sur des nouvelles bases. Peut-être. Sans doute. Je ne suis plus sûre de rien à présent.

Parler avec lui me fait du bien. On n'attend rien l'un de l'autre, on sait que cette parenthèse prendra fin lorsque le café fermera. Mais nous avons besoin à ce moment-là, de ne pas être seuls.

À 23 heures, après avoir bu quatre jus d'abricot, avalé une salade César et un moelleux au chocolat « fait maison » (par Picard), Edgar sans d et moi, nous nous quittons. Ni lui ni moi n'avons envie d'autre chose. Ni même de nous revoir. Il conclut par « N'oublie pas d'être heureuse ».

Je reprends le métro. La rame est vide, ma tête est penchée et ma joue se colle à la vitre. Edgar m'a apaisée.

Je vais bien dormir ce soir.

Surprenante est la vie ! Parfois, ce qui n'est pas prévu fait plus de bien que ce qui l'est. Un moment avec un inconnu et on (re)voit la vie autrement.

Chapitre 5

N° 4 mettre une annonce dans *Libération*

Dans ce journal « de gauche » que ma mère achète (comme quoi on peut bosser chez *Détective* et lire *Libé*), il y a une rubrique que j'ai toujours aimée, que je lis même en premier, avant les infos, avant même le portrait de la dernière de couv : les petites annonces rangées dans la rubrique « entre nous » du journal. Au milieu des annonces immobilières, des annonces de recherche de boulot, il y a cette jolie rubrique dans laquelle quiconque peut, souvent de façon énigmatique, laisser un message tel que « Ligne 6, mardi 11, environ 13 heures, j'étais assis sur le strapontin avec une écharpe rouge, vous m'avez souri, j'aimerais vous revoir » ou « Fnac Montparnasse, jeudi 4, 15 heures rayon livres étrangers, je lisais Steinbeck, vous m'avez demandé un conseil. Vous revoir ? ». C'est d'un romantisme fou.

Sur le site liberation.fr, je décide donc de poster une annonce. Je mets une heure à imaginer ce que je peux écrire pour ne pas tomber dans le cliché, tout en étant claire dans mon attente et en instillant aussi une pointe d'originalité.

L'annonce doit paraître dans le journal, le surlendemain.

Le jour dit, à 7 h 30, je cours acheter *Libé* au kiosque au pied de chez moi.

L'annonce y est « *Paris – Jeune femme romantique cherche jeune homme grand, cheveux blonds, grand amateur de Tic Tac à la pomme, de Michel Berger, de Normandie et de sushis. Pour plus d'informations, contactez le journal qui transmettra* ».

Fière, je souris en tenant mon journal. Le kiosquier me confie que c'est ce qu'il lit en premier, lui aussi.

Je remonte chez moi, trépignant d'avoir des réponses.

Je reste recroquevillée toute la journée sur mon canapé à boire du thé et à écouter Michel Berger er Barbara. En boucle. Je finis par m'assoupir, ce qui rend l'attente moins longue. Dormir est toujours une bonne solution pour que le temps passe vite.

Vers 17 heures, je me réveille en sursaut. N'y tenant plus, je consulte ma boîte mail. *Libération* m'a envoyé un message m'indiquant que mon annonce avait reçu cinq réponses. *C'est tout* ?

La première réponse me fait bien rire : Je déteste Michel Berger, je suis plutôt Menthos que Tic Tac, je ne suis pas blond, pas grand, pas jeune, pas parisien et allergique au poisson cru mais qui ne tente rien... »

La deuxième est triste « À quoi bon le romantisme quand la vie est grise ? ».

La troisième ressemble à celle d'un type de Meetic « La baise, c'est du romantisme ? ».

La quatrième inattendue « Anna, c'est toi ? C'est maman ! Si c'est toi, je t'ai reconnue ma fille ! Romantique comme ta mère... ».

La cinquième surprenante « Je suis tout ce que vous décrivez et plus encore, rencontrons-nous. Je vous attendrai samedi 21, 15 heures dans la cour pavée du musée du Romantisme. À 15 h 30 si vous n'êtes pas là, je partirai. Jean ».

Jean…

Jean !

Il s'appelle Jean, c'est forcément un signe. Ajoutez le rendez-vous au musée du Romantisme. Assez de signes suffisants pour y aller. Je suis seule, presque veuve, en proie à une envie de reconstruction, alors j'irai à sa rencontre. Évidemment.

Qu'est-ce que je risque, alors que j'ai déjà perdu l'essentiel ?

C'est par la ligne 12 du métro que je me rends à ce rendez-vous étrange.

Je descends à la station Saint-Georges.

Le musée du Romantisme est situé rue Chaptal, au fond d'une cour pavée. On y pénètre comme on entrerait à la campagne. C'est bucolique et frais, on se croirait hors de Paris. J'ai cinq minutes de retard – minimum syndical de toute jeune femme se rendant à un *date* (prononcer dèyte – mot américain signifiant rendez-vous galant).

15 h 05 : dans la cour, il y a une maman avec son petit garçon, deux copines d'environ quatre-vingts ans et un type grand, de dos, blond-châtain portant un trench Burberry beige. Je prends peur. Qu'est-ce que je fous là, que vais-je lui dire ? Pourquoi s'appelle-t-il Jean ? Et pourquoi de dos me fait-il penser à mon amour perdu ? Alors que je fais demi-tour, persuadée qu'il me faut fuir, il se retourne et me hèle d'un « mademoiselle, mademoiselle ». Dans un reflexe immédiat, je ne bouge pas. On dirait que je joue à 1, 2, 3 Soleil.

Le type ne renonce pas et lance à nouveau un « Mademoiselle ».

Je n'ai plus le choix.

Je me retourne et je le vois. Il est beau, possède une bouche pulpeuse, des yeux gris en amande, un nez fort et long. Mon corps se dérobe sous mes pieds. Il m'impressionne. Je ne bouge toujours pas, comme si mes pieds étaient plantés dans les pavés. Il s'approche de moi et d'une voix suave demande « c'est vous ? ». Hésitante, je réponds « oui c'est moi, enfin je crois ».

Il avance son visage vers le mien. Je tremble. Il me fait la bise. Premier contact physique. Il sent bon, une odeur d'ambre. Il poursuit « On se tutoie ? Comment t'appelles-tu ? ».

C'est idiot mais je suis effrayée. Je réponds mollement « Anna ». Il rétorque que c'est un joli prénom. Banalité de la situation.

Il me propose un Tic Tac à la pomme, suggère qu'on aille visiter le musée. Et faire plus ample connaissance. La suite est floue, je ne me souviens plus trop. Je sais juste qu'il essaie de m'impressionner avec son savoir dégoulinant « Sais-tu que cette demeure a été celle du peintre Ary Scheffer ? Sais-tu qu'il y a reçu le Tout-Paris de la monarchie de Juillet : Delacroix, Rossini, Gounod, Dickens, Chopin et George Sand… ». Je l'interromps « George Sand, celle de *la Mare au Diable ?* ». Il acquiesce l'air ravi de constater que j'ai aussi une dose de culture.

Il parle beaucoup et surtout de lui. Ça me donne mal à la tête. J'ai envie de calme et ce Jean ne laisse pas de place aux silences.

Pourtant, il a l'air d'un type bien.

*** * *ARRÊT SUR MOT : LE TYPE BIEN* * ***

Dans la vie, il est souvent question de mec « bien », de fille « bien », de personne « bien », et même de chat « bien » ici. Je me dois d'expliquer ce qu'est quelqu'un de bien. Il est courant d'utiliser cette expression dans la vie de tous les jours. Pour parler d'une conquête amoureuse, d'un nouvel ami, d'un bon avocat, d'un formidable médecin, d'une nouvelle recrue, de son psy. Pour décrire une personne aujourd'hui, il faudrait, pour se donner bonne conscience, lui apposer l'adjectif « bien ». Pour que la société approuve, en quelque sorte.

Est-ce à dire qu'il y a quelqu'un de MAL ? Je n'imposerai pas ici de disserter sur le BIEN et le MAL. C'est compliqué, et puis c'est chiant…

Disons que quelqu'un de bien, en l'occurrence un mec « BIEN », c'est un type courtois, poli, qui ne pense pas qu'au cul, qui a de la conversation, l'air malin, qui a aussi un peu d'humour (s'il en a beaucoup, c'est quelqu'un de TRÈS bien), qui respecte la femme qui lui fait face et ne la considère pas simplement comme une proie sexuelle.

À l'adolescence, avec Emma, nous avions établi une liste de trois questions. Si on répond par l'affirmative aux trois, aucun doute, on est quelqu'un de bien.

1/ Tu vois une femme âgée aveugle et sourde (la pauvre) qui s'engage pour traverser alors que le feu est vert pour les voitures, vas-tu la rattraper pour lui sauver la vie ?

2/ Tu trouves par terre un billet de 200 euros. Vas-tu reverser la somme à une association qui aide les nécessiteux ?

3/ Tu entends une petite fille traiter sa maman de « moche ». Lui dis-tu « mais non enfin ta maman est belle » (sauf si elle est moche hein, faut pas pousser) ?

*** * *FIN DE L'ARRÊT SUR MOT* * ***

Sans rien me demander de moi et sans me donner la parole, il se sent autorisé à passer sa main autour de ma taille. Il va un peu vite en besogne à mon goût, mais je le laisse faire. Tandis qu'il serre ma taille, un flot de paroles continue de jaillir de sa bouche. Toutes ses phrases commencent par « moi, je ». Il parle de son métier, de son salaire, de son goût du luxe et des belles choses en ajoutant « toi, par exemple, tu es belle. Alors je te désire et je t'aurai, je le sais ».

C'en est trop ! J'ai déjà eu ma dose de « je suis du bétail » avec l'expérience Meetic. Je refuse d'être une chose, une proie !

D'un mouvement vif, je libère ma taille de sa main. Il semble surpris.

« Je ne suis pas un trophée, Jean ! On va en rester là, tu n'es pas ce que je recherche, tu es si... puant en fait. »

Il me regarde l'air déconfit. Il murmure « OK, encore une folle ». Puis, à haute voix en me regardant droit dans les yeux « Je ne te connais pas, Anna et tu sais quoi, je n'ai pas envie de te connaître. En fait, désolé de te le dire mais si tu es une sorte de trophée. Tu mets une annonce dans *Libé* comme une chienne en rut. Restons-en là, les dingues qui draguent dans les magazines, je crois que c'est pas pour moi tout compte fait. »

Je reste interdite. J'ai la tête d'une gamine de trois ans qui se fait gronder. Pour parfaire la nullité de la conversation, il ajoute « Je pense que tu devrais juste te remettre avec ton ex, ce sera plus simple ».

Je souffle « C'est impossible, il est mort ».

Dans un rictus, il poursuit « Je te plains. Vraiment je te plains ».

Et il disparaît me laissant là au milieu de la cour pavée du musée du Romantisme.

Je reste immobile, incapable de bouger durant une dizaine de minutes malgré la pluie qui se déverse sur moi. Car oui, même le ciel pleure.

En rentrant chez moi, je fais une halte au McDo. J'ai envie de junk food. Comme une urgence de me remplir le ventre de saloperies. Pour me sentir encore plus mal, encore plus nulle.

Je passe la soirée à regarder un documentaire sur les pingouins. D'une main je caresse mon chat et de l'autre je plonge mes doigts dans le ketchup.

Je suis une SDF de l'amour, voilà tout.

Il ne me reste plus que la dernière option, l'agence d'escort boys, pour retrouver Jean.

Je vais le retrouver, j'en suis certaine. On ne disparaît comme ça.

Chapitre 6

Depuis le début du pacte unilatéral que j'ai mis en place, ma mère ne respecte absolument pas le deal. Elle me téléphone six fois par jour et envahit ma messagerie, qui lui sert de défouloir. Ses messages, au départ sympas, sont vite devenus inquiets, puis remontés. Je n'ai pas envie de répondre, de raconter mon projet, de me justifier alors je lui réponds par SMS. À chaque fois le même. « Tout va bien, jtm maman. » Mais ça ne lui suffit pas.

Je finis par lui écrire une longue lettre dans laquelle je lui explique ma douleur, mon envie de résister, de surmonter ça seule « comme une grande ». Je lui renouvelle mon amour pour la rassurer. Je termine la missive par ces mots « je vous aime, papa, toi et Joshua, plus que tout au monde. Je mets tout en œuvre en ce moment pour redevenir heureuse. Mais je dois passer par un temps de solitude. Comprenez-moi. On se verra à Noël. Promis ».

Deux jours plus tard, les appels cessent.

Jean me manque. On est dimanche. Ça devrait être interdit, les dimanches.

N° 5 Trouver l'élu dans une agence d'escort boys

Quand nous avions 15 ans, avec Emma, on avait une passion pour les téléfilms sur M6, les grandes sagas dans lesquelles l'image est floue, les personnages sont milliardaires (mais ne travaillent pas), s'appellent Jane, Kimberley, Kelly, Brandon et Junior. Tout le monde y boit du brandy en faisant la fête et en riant à gorge déployée. *Mouhahahahahahaha.*

Je me souviens d'un épisode dans lequel une femme, la quarantaine, très belle mais très seule et très riche, avait fait appel à une agence d'escort boys pour en trouver un qui l'accompagnerait dans ses soirées mondaines. Moyennant de l'argent, elle embauchait donc Jimmy, vingt ans. Je crois que je me suis endormie au moment où elle signait un contrat avec le jeune homme.

Je n'ai pas quarante ans, je ne suis pas aussi belle que la femme de la série, ni aussi riche (malgré ce que j'ai mis de côté de mes différents cachets d'actrice) ni même aussi seule mais l'idée d'un escort boy me paraît brillante.

Je vais enfin pouvoir dire précisément ce que j'attends physiquement du type que je veux. Pour le reste, j'en ferai mon affaire.

Comme de la terre glaise, je le façonnerai.

Je tape simplement dans la barre de recherche Google « Escort boy ». J'arrive sur des pages et des pages d'articles sur le sujet, de films sur le sujet, de noms d'agences et de témoignages.

Je clique sur le premier nom de la première agence. Le site m'apparaît plutôt clean. Comme sur Meetic, on me demande de décliner mon identité, de dire ce que j'attends et de formuler ma requête. Cette fois, je vais être claire et précise : *Jeune femme parisienne cherche jeune homme entre vingt-trois et vingt-huit ans, grand, beau, châtain blond, non fumeur, pour l'accompagner sur plusieurs mois. Discrétion exigée, contrat à la clé.*

Ensuite je dois indiquer si je veux un homme pour une heure, deux heures, quatre heures ou si je désire du sur mesure. Les tarifs vont de cent cinquante euros de l'heure avant 19 heures en semaine jusqu'à six cent euros pour quatre heures le soir ou le week-end (hors consos ;)). Potentiellement, je vais à ma ruine. Mais je n'ai pas le choix, il en va de ma survie. Je veux Jean.

Une conseillère de vente (si je puis dire) doit me recontacter dans les vingt-quatre heures pour me proposer des mâles. Le bétail ce n'est plus moi.

Mon chat me lance un regard sombre qui en langage de chat signifie « pauvre fille » (je le sais, je suis bilingue chat-français).

Chapitre 7

Durant la nuit, je reçois un mail m'indiquant que Joséphine, du site d'escort boy va me contacter par téléphone le lendemain vers midi.

À midi tout pile, mon téléphone sonne :

« Bonjour, nous avons reçu votre demande. J'ai quelques profils pouvant correspondre à vos souhaits mais je dois en savoir plus. Vous indiquez vouloir passer un contrat sur le long terme, c'est exact ? Vous êtes consciente que cela va vous coûter cher ?

— Bonjour Joséphine. Oui, en effet c'est l'objet même de ma requête. L'argent, j'en fais mon affaire, trouvez-moi quelqu'un.

— Je ne voudrais pas me mêler de ce qui ne me regarde pas, mais savez-vous que les escort boys sont en général embauchés pour quelques heures, pas plus ? Cela n'est pas dans mon intérêt de vous dire cela, mais pourquoi n'allez-vous pas plutôt sur un site de rencontres ?

— Merci Joséphine, j'ai déjà essayé, il n'y a que des pervers dessus. Je veux un type que je choisisse précisément et qui fasse le job.

— Très bien. Alors voilà, j'ai sélectionné trois profils, je les ai contactés pour savoir si le long terme leur conviendrait. Ils sont d'accord. Je vous envoie leurs fiches par mail, revenez vers moi rapidement, s'il vous plaît. À bientôt. Et bonne chance. »

Elle prononce les mots « bonne chance » avec ironie. Envie de la buter.

Huit minutes plus tard, j'ai les fiches de Grégoire, Apollon et Frédéric.

Grégoire : *Barman, vingt-cinq ans, blond, 1 m 78. Fan de lecture, de cinéma, d'arts martiaux et de sexe.*

Sa photo laisse entrevoir qu'il ressemble un peu à mon Jean, mais le fait de savoir qu'une de ses passions est le sexe me fait un peu flipper. J'aime ça, ce n'est pas le souci, mais je ne veux pas que cela devienne un exercice obligatoire.

Apollon : *Comédien, vingt-quatre ans, blond, 1 m 75. Fan de Scorsese, de jet-ski, de tennis, de Victor Hugo.*

Apollon, avec un pseudo pareil, est forcément très beau. Magnifique en fait. L'idée qu'il est comédien me tente assez, il pourrait jouer le jeu.

Frédéric : *Escort boy un point c'est tout. Mon but : vous rendre heureuse le temps de nos rencontres.*

Frédéric est pas mal, un je ne sais quoi de Jean. Si ce n'est la couleur de ses cheveux, qui sont bruns. Il a un air négligé assez sexy. Mais le fait qu'il soit simplement escort boy me semble assez rédhibitoire pour le job. Je veux que ma proie ait d'autres passions que ce boulot.

Lequel choisir ?

Je demande son avis à mon chat ; il ne dit rien. Qui ne dit mot consent. Je vais rencontrer les trois, on verra bien.

À deux euros la minute pour un numéro soi-disant vert (pourquoi pas jaune ou violet après tout ?), Joséphine a intérêt à me fixer rapidement des rendez-vous avec mes trois prétendants.

Elle m'explique que « toute heure consommée est à régler via carte bleue sur le site ». Je lui demande de me préciser ce que le terme « consommé » signifie exactement.

« On n'est pas un site de rencontres, vous voulez les rencontrer, ils prennent du temps pour vous. Qu'ils vous plaisent ou non, vous devez payer. Que vous passiez une heure, deux heures, une nuit, ce n'est pas notre souci. Vous avez bien lu nos conditions générales ? Pas le droit de passer en direct avec nos boys. Nous fixons les tarifs, l'argent on gère, on déclare. Pas le droit de tomber amoureuse non plus. Ces hommes ne sont pas là pour ça, ils ne tomberont jamais amoureux de vous. Ils joueront le jeu, c'est leur job mais pas de méprise. On est bien d'accord ? » ajoute-t-elle sèchement.

Je ris en silence (exercice bien difficile qui nécessite des années d'entraînement). C'est un peu comme dans *Pretty Woman* : le baiser sur la bouche est totalement défendu. À chacun sa façon d'être Julia Roberts.

« OK j'ai compris, Joséphine. J'aimerais d'abord rencontrer Frédéric, c'est celui qui fait le moins l'affaire, notamment car ses cheveux ne sont pas de la bonne couleur. Donc je préfère garder le meilleur avec Grégoire ou Apollon. Je l'attendrai demain à 20 heures à la Comédie, un café en face de la Comédie-Française.

Elle m'interrompt froidement « Passé 20 heures, on passe en tarif de nuit ?

— Oui je sais, merci de vous soucier de mon portefeuille Joséphine. Tant qu'on y est, prévoyez-moi un rendez-vous à 22 heures avec Apollon au même endroit et un autre à minuit avec Grégoire aussi. Ce café reste ouvert assez tard dans la nuit.

— Très bien, c'est comme si c'était fait ! »

Comment se prépare-t-on pour un rendez-vous galant qui n'en est pas vraiment un ? Est-ce que je ne suis pas un peu folle de m'engager là-dedans ? Que penserait Jean de tout ça ? Et ma mère ? Elle me dirait probablement qu'elle a écrit un article de fond dans *Détective* sur les escort boys dépouilleurs de jeunes filles. Et Emma ? Emma trouverait ça génial. Ai-je vraiment envie de me ruiner ? Vais-je trouver mon Jean ? Pourrais-je recommencer à vivre avec lui, comme avant, comme au bon vieux temps ?

Je tourne le truc dans ma tête. Au pire, je perds du temps et du fric. Au mieux je regagne Jean. Au point où j'en suis, de toute façon…

Sobre, je dois être sobre. Un pantalon noir, un chemisier blanc un peu transparent, des bottines noires sans talons, un peu de mascara, du rouge aux joues, les ongles transparents, un manteau noir, un peu de parfum à la figue, les cheveux lâchés, un sac à main spacieux, pas de bijoux, les dents brossées, les jambes épilées.

Je suis prête.

J'arrive au café en avance, je préfère voir arriver la proie de loin. Je commande un Perrier rondelle, je feuillette le *ELLE* dans lequel je prends soin de répondre au test « êtes-vous une salope ? ». J'ai chaud.

De temps en temps je lève les yeux pour voir arriver Frédéric. À 20 heures précises (*time is money*), il entre dans le café. Il ne me remarque pas tout de suite. Je l'observe comme un chasseur planqué derrière un buisson. Pour un escort boy « *un point c'est tout...* », il fait plutôt étudiant en littérature. Il me cherche quelques instants et finit par me repérer. Il me sourit et s'approche d'un air assuré. Tout en me tendant la main, il dit d'une voix grave et éraillée :

« Frédéric. Vous m'attendiez ?

— Oui, asseyez-vous, je vous en prie. J'ai pris un Perrier, vous voulez quoi ?

— Une coupe de champagne ! » *Ah bah on ne se refuse rien*, je me suis dit à voix haute.

Cette phrase jette un froid.

« Je vais prendre un coca, c'est moins cher », propose-t-il avec désinvolture.

Je fais la moue et j'ajoute « non ça va, champagne, très bien ».

Il se met à rire. Comme un crétin. Sans raison.

Je me sens idiote. Je crois que je le hais dès cet instant-là.

Ce type qui est payé pour être sympa se révèle très rapidement être tout le contraire. Il me met mal à l'aise. Il est hors de question que je dépense deux cents euros de l'heure pour ça.

Frédéric plante ses yeux bleus dans les miens « pardon je n'aurais pas dû rire.

— Évidemment que vous n'auriez pas dû. C'est embarrassant. Je me sens idiote, alors que l'idiot c'est vous.

— Désolé, vous avez eu l'air tellement choquée que je veuille du champagne. Je pensais qu'on fêtait notre rencontre, Anna. C'est bien votre prénom ? » demande-t-il en posant sa main sur la mienne.

Cet échange me déstabilise. Je prends le temps de l'observer de plus près. Il a de grandes mains fines, des boucles brunes en bataille, une petite fossette sur la joue droite, une barbe de trois jours, une bouche admirable, un sex-appeal fou et une voix magnifique. Je rougis.

« Oui je m'appelle Anna. Je suis comédienne, j'ai vingt-cinq ans. Voilà, vous en savez assez.

— On se tutoie, Anna ?

— Oui, tutoyons-nous. Je ne veux pas que tu me poses de questions sur moi. Allons droit au but, le deal est simple si tu l'acceptes : mille cinq cents euros par mois pour vivre avec moi, faire ce que je te demande et laisser de côté tes aventures. »

Je semble sûre de moi, mais au fond je ne le suis pas. J'ai le sentiment d'être Mme Claude.

Frédéric sourit. Il parait à la fois étonné et gêné.

« Je ne peux pas du tout te promettre de laisser tout de côté pour toi. Pour cette somme, en plus. Je pense que l'agence m'a mal expliqué le job. Je pensais que c'était comme un mi-temps tu vois. J'ai d'autres obligations. Je vise la gloire, moi. Je fais ce job en attendant de devenir une star de la téléréalité. Je vais devenir présentateur télé, genre Nikos Aliagas. C'est de ma faute, je n'aurais pas dû venir. »

Je garde mon sang-froid, la tête haute. Je soutiens son regard. Ce type que je trouvais presque charmant quelques instants plus tôt, vient de devenir insupportable en trois phrases prononcées. Il a des rêves absurdes. Il est pitoyable.

Il est 20 h 55, dans cinq minutes je vais entamer ma deuxième heure. Il me faut prendre une décision, lui dire quelque chose sinon ma carte bleue va en faire les frais. Je bégaye presque.

« Ah ouais, mais c'est quoi tes autres obligations ? Star de télé-réalité c'est pas un job, tu es au courant au moins ? Et puis on dit Aliagas, pas Alaguiasse. Restons-en là, tu as raison. Merci pour le déplacement. »

20 h 56. Il se lève, attrape sa doudoune et sa coupe de champagne, se baisse vers moi pour me faire la bise. Je refuse. Alors il quitte la table et s'installe au comptoir.

Je replonge dans mon magazine *ELLE*. Le résultat du test tombe : je suis une salope.

À 20 h 59, il est toujours au comptoir. Je bouillonne. Je me lève vindicative « J'ai d'autres rendez-vous, je VEUX que tu partes d'ici, je te paierai une heure, restons-en là. Ta présence me gêne ». Frédéric pose un regard amusé. Il se remet à rire à gorge déployée. J'enrage sous les yeux ahuris du barman. Sans prêter attention à ce que je viens de dire, il se commande une bière « je t'offre un truc ? C'est ma tournée ». Les dents serrées, je réponds « non, merci » et je pars me rasseoir à ma place.

Vers 21 h 30, Frédéric s'avance vers moi. Je fais semblant de ne pas le voir arriver. Je reste plongée dans mon magazine.

« Anna, ton journal est à l'envers. Tu m'observais ou tu lisais ? »

Je rougis.

Il me tourne le dos et quitte le café en ayant pris soin de payer mon Perrier, sa coupe de champagne et ses bières.

Chapitre 8

Durant une demi-heure, entre mes deux rendez-vous, je rumine telle une amoureuse éconduite. Le monde à l'envers. J'ai fait venir Frédéric, je vais payer l'agence pour cette heure, il m'a échaudée et pourtant il m'a séduite.

À ce moment-là j'aimerais appeler Emma pour débriefer, mais mon rendez-vous suivant débarque.

À 22 heures, Apollon : *comédien, 24 ans, blond, 1 m 75. Fan de Scorsese, de jet ski, de tennis, de Victor Hugo.*

Il me plaît immédiatement. Il ressemble trait pour trait à Jean, c'en est troublant. Il reste debout face à moi jusqu'à ce que je lui suggère de se mettre à l'aise. Timidement, il tire la chaise à lui et s'assoit de façon propre, les deux mains posées sur ses genoux. Il est tremblant. Cela me confère un sentiment de supériorité qui ne me déplaît pas. Il est prêt à satisfaire mes envies. Il prétend être capable en tant que comédien au chômage (mais quel comédien ne l'est pas ?) de se libérer autant de temps que je le voudrais. Il est célibataire et me jure qu'il ne posera aucune question. Il ajoute, avec l'intonation de Gérard Philipe, « tu me sculpteras à ton image ». Je ris intérieurement. Ça n'aurait pas été la vraie vie, ça aurait été un film américain avec Meg Ryan ou Jennifer Aniston. Nous passons deux heures à échanger sur le théâtre, le cinéma et même à nous marrer. Il y a comme un début d'intimité qui se crée entre nous et malgré nous. À minuit, il se lève, me serre la main et ajoute « Alors, c'est un contrat que nous concluons, Anna ? ». Pour toute réponse, je souris et lui demande « Mais Apollon, c'est pas ton vrai nom ? ». Il m'avoue qu'il s'appelle Eude mais que pour un escort boy, ce prénom est moins adapté. Je me marre.

J'ai trouvé mon homme. Je lui jure de le rappeler « vite ».

À minuit, fatiguée, sous les yeux amusés des serveurs, la dernière proie fait son entrée dans le café. Rencontre du troisième type. Je n'ai aucun doute qu'avec Eude-Apollon j'ai trouvé mon homme, mais ma curiosité et ma politesse m'interdisent de ne pas honorer mon entretien avec Grégoire, *barman, 25 ans, blond, 1 m 78. Fan de lecture, de cinéma, d'arts martiaux et de sexe.*

Grégoire fait une entrée fracassante dans le café. Il avance sûr de lui, en costume bleu, satiné, pectoraux dehors, arborant un large sourire de mec satisfait. Il tire vers lui la chaise qui me fait face, me fait une bise sur la joue droite, s'assoit à côté de moi et, plongeant ses yeux dans les miens, il attrape ma main.

« Salut, moi c'est Greg mais celles qui me connaissent bien me surnomment Tony Micceli. Tu sais, rapport à l'homme à tout faire de la série *Madame est servie.* J'adorais quand j'étais gosse. » Je reste muette.

Il ajoute « je suis fan de lecture mais des trucs faciles hein, faut pas s'attendre à un fan de Marc Levy non plus. Non, moi, au jour d'aujourd'hui, c'est plutôt les magazines de foot et d'arts martiaux mon truc. Je suis totalement dispo pour vous une heure, une semaine, un mois, un an. Si vous me dites "oui", c'est comme si que c'était fait ».

En l'espace de trente secondes, il réussit le tour de force de prononcer les deux expressions les plus rédhibitoires de la langue française « au jour d'aujourd'hui » et « c'est comme si que ». Je ne doute pas de sa bonne volonté et de sa gentillesse. Je ne doute pas non plus que je puisse le former à plein de choses mais les fautes de langage, c'est trop pour moi. Je ne suis pas instit de CE2.

Il est minuit et demi. Je prétends un mal de tête. Greg ne lutte pas pour savoir si je simule ou non. Je règle la facture et nous nous quittons dans ce café devenu quasi désert.

Le lendemain matin, ravie, je confirme à l'agence que je « prends » Apollon/Eude.

Ainsi démarre, je le pense, ma nouvelle vie.

Chapitre 9

Dès le départ je propose à Apollon/Eude de s'installer à la maison. Je précise que pour les fringues, j'ai tout ce qu'il faut.

Il arrive avec un sac de sport contenant un slip, des chaussettes basses, un rasoir, un magazine de foot, son téléphone, un jean, un sweat avec écrit « New York », un bouquin de Victor Hugo. Lorsque je lui ouvre la porte, je me sens comme en classe de 4e, lorsqu'une correspondante anglaise était venue chez moi durant quinze jours. Ravie, mais gênée de devoir partager ma vie et mon intimité.

Il tente de m'embrasser. Je rectifie le tir « non, pas besoin de jouer les amoureux, pas pour le moment en tout cas. Ce que je veux, je te le répète Eude, c'est une présence. Fais exactement ce que je te demande et tout se passera bien. »

C'est particulier comme situation. Accueillir chez soi un inconnu qu'on va former à devenir un autre comme on formerait un petit stagiaire à faire des photocopies.

Le premier soir, vendredi, je lui montre son placard et le canapé où il dormira.

« Assieds-toi, je vais te lire un texte. Cette situation est bizarre pour toi comme pour moi. Néanmoins, il y a des règles à respecter. J'ai fait ça sous forme de dix commandements. »

Eude me lance des regards inquiets.

J'ai déjà de l'emprise sur lui. Ça me plaît.

À haute et intelligible voix, je lis un à un les injonctions de ma liste. Moïse n'a qu'à bien se tenir.

1/ Aucune question tu ne poseras sur moi.

2/ Nu et en chaussettes vertes, tu dormiras.

3/ Si je prononce cette phrase « tu es ma lumière du jour », tu devras me répondre « mon unique amour ».

4/ Tu ne feras aucune référence à ta vie d'avant.

5/ Tu porteras le parfum Habit Rouge.

6/ Tu m'appelleras « George » ou « Jeune fille » mais en aucun cas « ma chérie, mon amour ».

7/ Nous ferons l'amour quand je le déciderai, si je le décide, et autant de fois que je le voudrai.

8/ Tu ne parleras de moi à personne pour le moment.

9/ Tu n'as pas de pause, tu es assigné à rester disponible pour moi.

10/ Tu te laisseras faire et ne tenteras aucune entorse.

Eude est maintenant carrément flippé. Je m'assieds à côté de lui sur le canapé. Je lui serre la main très fort.

— Ne t'inquiète pas, ça va bien se passer ! Je suis sympa comme nana tu sais. Je suis aussi stressée que toi si ça peut te rassurer. Mais j'ai confiance en toi, en nous. Tu es comédien, moi aussi. Je suis sûre que ça va nous aider dans cette aventure. Je ne cherche que notre bonheur, Jean.

— Jean ?

— Oui, j'ai envie de t'appeler Jean. Tu n'y vois pas d'inconvénient au moins ?

— Non, répond-il d'un ton mal assuré.

Je prends soin de coller ma liste sur le frigo, à la manière d'une maman qui colle l'emploi du temps de ses gamins ou les règles de vie de la maison.

Dans le même temps, j'explique à nouveau à Eude que ces règles sont indiscutables et que toute entorse lui serait fatale. (j'insiste sur le mot FATALE. Je mène le jeu).

Il est sympa Eude, il accepte tout ce que je lui impose. (*Au prix que ça te coûte c'est la moindre des choses*, chuchote Miaou.)

« Tu sais Anna, tu peux même m'insulter si tu le veux », déclare-t-il le regard baissé.

Sur le canapé, Miaou rit à gorge déployée.

* * *

Les deux premiers jours sont chaotiques, pour ne pas dire catastrophiques. Eude est plein de bonne volonté, mais terriblement gauche. Je suis, pour ma part, irritable, pas à l'aise d'avoir un inconnu chez moi, chez nous. J'ai le curieux sentiment que Jean peut débarquer à chaque instant en me demandant des comptes.

En plus, je ne supporte pas son odeur, qu'il peine à camoufler sous des tonnes d'Habit Rouge. Le parfum n'y fait rien. Un mélange de transpiration et d'effluve corporelle aux relents de pomme. Cela me donne la nausée.

Pour couronner le tout, il fait très froid dans le studio. Le chauffage a lâché et en ce début de mois de décembre, je frissonne. Nous sommes obligés de nous enrouler dans des plaids et de superposer des pulls pour nous réchauffer.

Les choses commencent à s'améliorer entre lui et moi le troisième jour lorsque, autour d'un plateau-repas, il a l'audace de prendre ma main dans la sienne avec délicatesse et je me laisse faire. Tout va très vite. Ma main dans la sienne, nos regards se croisant et une subite envie de lui. Je lui demande alors si je peux l'embrasser. Il paraît étonné. J'explique que l'agence me l'avait plus ou moins interdit. Eude m'y autorise. Alors je ferme les yeux et on s'embrasse. Il n'a pas l'habileté de Jean pour prendre mes lèvres entre les siennes. Il ne sait pas trop quoi faire de ses mains.

« Laisse-moi te guider. Laisse-moi faire. Tout sera comme avant. »

Doucement, je l'embrasse et je le déshabille. J'ôte un à un mes quatre pulls. Je suis nue devant lui.

Il ne peut réprimer un « Anna, tu es si désirable ».

Nous nous glissons sous cette couette qui a abrité le corps de Jean et le mien. Je suis très excitée, pourtant je pleure. Heureusement, Eude ne s'en rend pas compte. Je le guide dans chacun de ses gestes, me donnant l'impression, ne serait-ce que durant quelques instants, qu'il est Jean.

« Dis-moi que tu m'aimes, dis-le-moi. » Ma voix est douce, je l'enveloppe.

Eude s'exécute.

« Je t'aime Anna. Je t'aime. »

À la fin de cette cérémonie, je ferme les yeux et dans une ultime étreinte, je hurle le nom de Jean. Mon partenaire ne conteste pas, laisse sa tête rouler sur mes seins. Nous nous endormons. Lui, paisible, tandis que je sanglote. De loin, de très loin, nous pourrions donner l'illusion d'être un couple d'amoureux.

* * *

Le quatrième jour il me demande qui est Jean. Je lui réponds sèchement que ça ne le regarde pas, que c'est stipulé dans les règles de la maison.

Le cinquième jour, je lui impose de prendre un bain avec moi, tout en écoutant Michel Berger. Eude dit oui à tout.

Nous nous couchons, encore mouillés, sous la couette. Je tremble de froid. Eude lèche les gouttes d'eau restées sur mes seins, comme je viens de lui demander. Nous sommes prêts à faire l'amour. Il n'y a rien de vrai là-dedans.

À ce moment-là, on sonne à la porte. Mon regard suffit à lui faire comprendre qu'il est hors de question d'ouvrir. Derrière la porte, je reconnais la voix de ma mère. « Anna, c'est maman, ouvre, je m'inquiète, je sais que tu es là… Anna. » Comme je ne bouge pas, Eude me lance un regard presque méprisant que je soutiens. « Quel genre de fille laisse sa mère folle d'inquiétude à la porte ? » Il finit par détourner les yeux, me laissant un léger goût de victoire.

Après une sieste, nous faisons enfin l'amour. Je crie JEAN. Eude se tait.

Le soir venu, il m'attrape les mains et me reparle de l'épisode de l'après-midi. Je ne veux pas avoir cette conversation avec lui. « Reste à la place que je t'ai confiée, c'est bien ainsi, Eude. »

D'un mouvement brusque il dégage ses mains des miennes.

« Je suis Eude ou je suis Jean ? J'ai du mal à suivre, Anna. »

« Tu es qui je veux que tu sois, tu poses trop de questions. Fais-moi l'amour, plutôt. »

Le huitième jour, alors que je suis sous ma douche, Eude prend l'initiative de préparer le déjeuner. Il pense bien faire, mais c'est loupé. Il a mis du poivre dans les œufs brouillés. J'y suis allergique. Jean n'aurait jamais commis une telle bévue. Alors je rentre dans une rage folle. Je lui balance les œufs à la tête et je l'insulte. « T'es vraiment très con. Je ne t'ai rien demandé. Je ne veux pas aucune initiative de ta part. On est bien comme ça. Je dicte les règles, Eude. Reste à ta place. » Je pleure enroulée dans le peignoir trop grand de Jean.

Eude ne dit rien. Il est muet, désemparé.

Il ramasse l'assiette tandis que Miaou se régale en léchant les œufs tombés au sol.

Le lendemain, il me demande même de lui pardonner.

« Je ne peux pas accepter ce genre de comportements, Eude. Je suis désolée mais fais ce que je te demande. C'est tout. Je ne suis pas folle. Je vois bien que ce que tu penses. Si tu veux que j'oublie, viens me réchauffer sous la couette ».

À coup d'orgasmes, tout se règle.

Cette étrange cohabitation dure deux semaines.

Un matin, nu avec ses chaussettes vertes, il se lève et me prépare un café. Il me demande « ça va jeune fille ? On fait quoi aujourd'hui ? ». Inlassablement je réponds « je fais ce que je veux de toi. Donne-moi plutôt un Tic Tac à la pomme et viens me faire l'amour ».

C'est pathétique.

* * *

Je commence à me faire à ce Jean qui n'est pas lui. Eude est comme de la pâte à modeler, il se laisse guider. Il porte des chaussettes vertes la nuit, dort nu, ne pose plus aucune question et attend de moi que je lui indique minute par minute la marche à suivre.

Parfois je lui chante des chansons de Barbara ou de Berger, je lui lis des passages des lettres de George Sand à Chopin. Je lui fais découvrir mes films cultes et je lui intime même de rire ou de pleurer !

Un matin, alors que nous buvons un thé, il me demande si j'ai prévu une sortie. « Je commence à étouffer ici, on pourrait prendre l'air, non ? »

Je me sens trahie. « Non, c'est MOI qui décide, Eude. Nous restons ici. »

Il baisse les yeux. Comme un môme.

* * *

Je me déclare satisfaite à l'agence qui m'envoie des mails tous les jours afin de vérifier que tout se passe bien.

Eude et moi vivons enfermés dans l'appartement sous le regard médusé du chat qui n'est pas dupe et qui sent bien que ce type-là n'est pas Jean. (On la lui fait pas au chat.)

Je nous fais livrer les courses, je m'occupe de lui comme de la prunelle de mes yeux. Je peux passer des heures à le regarder. Eude est en train de devenir Jean. Il lui ressemble, porte ses fringues, commence à avoir ses réflexes et, finalement, sent bon comme lui.

Je n'ai plus aucune hésitation avant de l'appeler Jean.

Nous sommes le 11 décembre, bientôt Noël. Le chauffage a été réparé et nous mourons maintenant de chaud dans le studio. J'étouffe un peu moi aussi. Dans tous les sens du terme.

« Aujourd'hui nous sortons ! », je déclare fièrement.

Il sourit « C'est toi qui vois Anna ».

Je lui choisis des vêtements, j'enfile une robe et une doudoune et nous descendons.

En bas, le froid nous happe et nous surprend. L'air frais n'a pas caressé nos joues depuis pas mal de jours. Je me colle à lui.

Nous croisons une voisine. Quand elle nous voit main dans la main, elle pâlit et émet un « Oh » surpris.

Au kiosque à journaux, le vendeur sourit « Ah, monsieur Jean est revenu ! Vous étiez où tout ce temps ? ».

Les gens qui ne savent pas que Jean est mort le prennent pour lui. J'ai gagné.

Eude/Jean me demande « Mais Anna c'est qui ce Jean, à la fin ? ». À mon regard, il comprend que cette question est en trop.

Main dans la main nous continuons la balade. Comme au bon vieux temps.

Assis sur un banc face à la tour Eiffel, Eude m'enlace avant de me murmurer au creux de l'oreille « Anna, t'es une drôle de fille, vraiment ». Prenant une grande inspiration, comme pour se donner du courage, il poursuit.

— J'ai eu un message de ma mère, elle m'attend pour les fêtes de Noël, je ne peux pas refuser.

Je sursaute.

— Non. C'est pas le deal, on a convenu un truc. Y'a pas de Noël, d'anniversaires, de contraintes, d'échappatoire. Tu me fais du bien et c'est ça le job, tu as signé pour ça je te rappelle. J'en ai rien à foutre de Noël, de ta mère, de Jésus. Est-ce que je te parle de ma mère, moi ?

J'ai beau avoir conscience de me donner en spectacle, je continue

— Tu commences tout juste à devenir celui que je veux que tu sois. Ne me déçois pas.

Eude se lève brutalement. Il secoue négativement la tête :

— Je suis désolé Anna. Si je ne peux pas aller voir ma mère alors je démissionne. Trouve-toi un autre gars. C'est trop de pression pour moi. J'ai envie de passer Noël en famille. C'est pas toi ma famille.

— Tu n'es pas bien avec moi ? J'ai besoin de toi, tu sais. Tu le sais au moins ?

— On prend du bon temps, Anna. Mais tu sais quoi, on ne peut pas acheter les gens. Tu es à la recherche de ce type, Jean. Je ne sais pas ce qu'il t'a fait mais si tu l'aimes autant que ça, remets-toi avec lui. »

Je le regarde avec stupéfaction et mépris maintenant.

— T'es pas escort boy, je pige pas ? T'es payé pour ça ! C'est pas ça ton job ? Allez casse-toi, des types comme toi y'en a d'autres. Joyeux Noël à ta mère. Je t'enverrai tes affaires via l'agence.

Il n'essaie pas de me contredire. Il est parti. J'espère quelques minutes qu'il va rebrousser chemin et qu'il va revenir. Je reste sur le banc avec ma doudoune à regarder la tour Eiffel scintiller. Comme une conne.

* * *

Je n'ai pas envie de rester seule. J'en suis incapable.

Le départ d'Eude est comme une seconde mort de Jean. Je me sens abandonnée à nouveau. Je ne peux pas le supporter.

Je suis chez moi, j'ai chaud, ma peau est plus pâle que jamais.

À 17 heures l'après-midi même, j'appelle Joséphine. Je ne veux pas être seule ce soir. Ni les jours suivants. Je lui explique qu'Eude et moi avons préféré en rester là car nos visions de la mission divergeaient trop. Je l'implore de me trouver un remplaçant.

« C'est dans le contrat, vous devez me trouver un escort boy au pied levé, non ? » Je précise qu'il me faut un mec pour le soir-même. Le même profil, exactement. Joséphine se tait d'abord puis m'explique que trouver un type si vite, répondant à des critères si précis et exigeants, c'est comme chercher un vol Paris-New York à deux cents euros.

« Écoutez Joséphine, quand on veut on peut ».

Elle me propose un type petit aux cheveux noirs, arguant qu'elle n'a que cela « en stock ».

Enragée, je la menace de signaler leurs pratiques mensongères à l'Union des Consommateurs. « Je VEUX un type pour dans une heure. C'est une question de survie. Vous ne voulez pas ma mort sur votre conscience ? »

D'un ton hésitant, elle suggère le prénom de Frédéric. « Non pas lui ! C'est un con. »

Je lui raccroche au nez.

Je transpire. J'ouvre grand la fenêtre. Il fait froid. J'allume une cigarette et je fais des ronds de fumée avec mes lèvres. Quelques flocons tombent. J'ai le ventre noué.

Je tremble. J'écrase ma cigarette contre les volets et je m'effondre en boule au sol.

Le chat me dévisage avant de venir se frotter contre moi. Je m'endors ainsi, par terre, un vent froid soufflant sur moi.

Lorsque je me réveille, grelottante, il est 19 heures. Je rappelle l'agence et agacée je déclare « *OK si vous n'avez rien d'autre, je prends Frédéric. Je pense que ça ne le fera pas du tout, attendez-vous à me trouver un autre type rapidement.* »

À 20 h 15, la sonnette de la porte retentit. C'est lui.

Chapitre 10

Frédéric pénètre dans le studio, l'air surpris, ses cheveux bouclés résolument bruns, en bataille. Il ne porte plus les lunettes qu'il avait à la première rencontre. Il sourit, sa fossette aussi et de sa voix éraillée, il demande « Alors ? ».

Je ne réponds rien.

Je le prends dans mes bras et je ne sais pas pourquoi, je le serre fort, comme un vieux pote, comme un ami, comme quelqu'un qui compte.

Je lève mon visage vers lui. Il est grand et rassurant.

Il observe le studio. Ses yeux scrutent chaque recoin de la pièce. À un moment, il arrête son regard sur une photo de Jean et moi et demande « C'est qui ? ».

Je baisse le regard. J'élude la question.

« Écoute Frédéric, je veux que les choses soient claires entre nous. J'ai fait appel à toi pour la même mission que l'autre fois. J'ai besoin de toi 24 h/24 h, j'ai besoin que tu mettes ta vie et ton ambition de star de la télé-réalité de côté quelque temps. J'ai besoin que tu fasses exactement ce que je te demande. C'est un job. C'est payé 1 500 euros par mois, nourri, logé. Voilà, pour faire simple, j'ai écrit les règles, lis-les. Si ça te va c'est parti, sinon on en reste là et c'est pas grave. »

Il prend la feuille entre ses mains fines. Tel Moïse, il énonce mes dix commandements à haute voix.

Apparemment troublé, il repose le papier sur la table basse, m'observe, éclate de rire avant de demander « Et j'ai le droit de tomber amoureux ou c'est pas dans les règles ? ».

Je rougis « ça veut dire que tu acceptes ? ».

Il acquiesce « J'ai besoin de fric et puis y'a pire comme mission, finalement ».

Je jubile.

Je m'approche de lui. Je me hisse sur la pointe des pieds et murmure dans son oreille « Non tu n'as pas le droit de tomber amoureux, j'espère que c'est clair ».

Il sourit, baisse son visage vers le mien et chuchote à son tour « Et si c'est toi qui tombes amoureuse ? ».

* * *

Nous dînons devant Star Academy. Frédéric voue un culte total à Nikos Aliagas, le présentateur de l'émission.

— Je rêve de sa carrière. Il a tout. Il est beau, il est drôle, il est connu, il doit super bien gagner sa vie, il connaît plein de people, il a toutes les filles qu'il veut. Et puis il est grec.

— Et ?

Je le fixe avec une once de mépris.

« Et… » Frédéric regarde par terre, l'air gêné.

— J'ai toujours eu un faible pour ce pays. Il fait beau, les maisons sont blanches, le soleil brille, les filles sont belles, on y mange bien et y'a des teufs de ouf à Mykonos.

— Tu y es déjà allé ?

— Non mais je sais que c'est chouette. J'ai vu une émission sur la Grèce à la télé et puis je mange des yaourts grecs. Ça me suffit.

— Ah ça te suffit… Tu n'aurais pas envie d'y aller ?

— Non. J'ai ma carrière à lancer, moi. Pas le temps pour aller en Grèce. De toute façon c'est pas le sujet. Le sujet, c'est Nikos Alaguiasse. Il déchire.

— On dit pas Alaguiasse, on dit Aliagas. Je te l'ai déjà dit au café !

— N'importe quoi, on dit Alaguiasse.

— Tu me fais rire.

— Ouais je sais je suis bourré d'humour, on me le dit souvent.

— Mais comment tu comptes faire pour devenir présentateur télé ?

— Hop, hop, hop, je ne veux pas être le gars qui présente la météo ou ce jeu auquel je pige rien là, *Pyramides*. Non je veux être LE présentateur, le futur Nikos.

— Admettons. Tu veux faire comment ?

— C'est simple. Je commence par un jeu de télé-réalité et puis je me fais connaître. Je me rends indispensable, je montre tout ce que je peux faire et hop. Un peu comme Steevy, le type de *Loft Story 1*. Il s'est fait connaître comme ça.

— OK super. J'ai faim, on mange ?

Je trouve Frédéric idiot, gentil mais idiot. Il me paraît clair que pour le muer en Jean, il y a du boulot.

À moi-même, mais toujours à voix haute, je dis « quel couillon ».

Il répond « toi-même ».

Il est 23 heures. Nous allons passer notre première nuit ensemble. Enfin… lui sur le canapé. Moi dans mon lit avec le chat.

Avoir un homme chez moi me rassure. Bien sûr je préférerais que ce soit Jean et pas une pâle copie de Nikos Aliagas. Mais je me satisfais de cette présence humaine.

Avant de se coucher, il se lave les dents. Ça dure longtemps. « Tu sais c'est quatre minutes pas moins pour avoir les dents bien blanches », annonce-t-il fièrement.

Je fais la moue.

Il prend de la place.

Il s'allonge sur le canapé. Il dit qu'il n'est pas fatigué, qu'il a envie de regarder les coulisses de l'émission sur TF1.

Pour toute réponse, j'éteins la lumière et cache la télécommande sous mon oreiller avant de me glisser sous la couette de mon lit.

Comme un enfant, il demande « tu dors Anna ? ».

Comme je ne réponds pas, il insiste. Au bout de cinq reprises, je finis par émettre un « oui je dors ».

J'ai le sentiment d'avoir six ou sept ans.

Il s'assoit sur le canapé « si tu dors tu ne devrais pas répondre. Tu veux qu'on parle ? ».

« Fiche-moi la paix, je suis fatiguée, à demain Frédéric ».

Je l'entends rire. Puis, je m'endors. Amusée, moi aussi.

Chapitre 11

Je ne cuisine pas bien. Ça ne dérangeait pas Jean, c'était lui le « chef » dans le couple. Sa spécialité : un pot-au-feu dont il tenait la recette de sa grand-mère maternelle. Hiver comme été, il allait au marché acheter des carottes, des navets, des pommes de terre et de la viande. Il épluchait, coupait, ciselait, cuisait en imitant la voix de Maïté.

C'était toujours une joie pour lui de voir que j'aimais son pot-au-feu. C'était toujours une joie pour moi que mon mec éveille mes papilles.

Le soir, je prépare une salade niçoise à Frédéric. Un sachet de salade, un œuf dur, une tomate coupée en quatre, une boîte de conserve de thon à l'huile d'olive, un peu de maïs et une vague sauce.

Il râle « je n'ai pas signé pour un régime ». Il ajoute que c'est un crime de mettre du maïs dans la niçoise et sans me demander mon autorisation, il se fait un plat de pâtes sous mon œil médusé. Il mange la bouche ouverte, faisant un bruit fou. Il rote même à la fin, comme un animal.

Je ne peux réprimer une remarque.

« Je ne te dérange pas au moins ? »

Il détourne son regard de son plat qu'il sauce, me regarde d'un air étonné et ose un « non pas trop ».

« Ça ne va pas être possible Frédéric. Tu ne peux pas faire les choses sans me demander mon autorisation. C'est pas le deal ! »

À nouveau, il esquisse un sourire, se lève et se dirige vers le frigo dont il extrait un Fjord. Le dernier. Celui que je voulais manger.

Je lui bondis dessus et lui arrache des mains l'objet du désir. Le yaourt se répand sur le sol. Une grosse flaque crémeuse que Miaou se précipite de lécher de sa langue râpeuse. Frédéric me dévisage.

— T'es pas nette Anna, c'est juste un yaourt.

— Je déteste qu'on prenne mes affaires.

— Ah bon. Il va falloir s'y habituer puisqu'on est ensemble.

— On n'est pas ensemble, tu te trompes.

Il prend un bout de sopalin et finit d'éponger les gouttes de yaourt éparpillées sur les murs. Une photo de Jean et moi a été éclaboussée. Frédéric observe le cliché, se tourne vers moi.

— C'est qui lui ?

— Personne, c'est personne.

— Pour être personne, il est très présent.

— Laisse tomber, on ne parle pas de lui.

Je sens mon cœur se nouer, j'ai les yeux remplis de larmes.

Frédéric s'approche et de son index essuie les larmes de mes joues « C'est promis, je te piquerai plus tes Fjord, ne te mets pas dans un état pareil ».

* * *

Je ne sais plus comment cela s'est passé mais le lendemain je me réveille à côté de lui dans le lit. Nous sommes habillés et je n'ai aucun souvenir de la veille à part l'épisode du yaourt. Frédéric dort encore, paisible et beau. Je m'en veux. Je n'ai pas prévu de m'endormir avec lui. Ce n'est pas ça le plan.

Il ouvre les yeux. Je lui adresse un sourire gêné.

— Que s'est il passé ? je demande un peu énervée.

Il referme les yeux, prêt à se rendormir.

Je le secoue.

« Non, réveille-toi ! Pourquoi je suis dans le lit à côté de toi ? Pourquoi tu n'es pas sur le canapé ? »

Il se redresse brutalement. Il racle sa gorge, se passe la main dans les cheveux.

« Tu étais fatiguée, tu t'es allongée et tu t'es endormie. J'ai pris un bain, j'avais froid. Ensuite, je me suis mis à côté de toi pour lire.

— Pour lire ?

— Oui je lis, pourquoi c'est réservé aux intellos ?

— Admettons. Et ensuite ?

— Tu t'es mise à hurler “Jean, Jean”. Alors je t'ai serrée contre moi pour te rassurer. Ensuite j'ai dû m'endormir. T'inquiète pas, il ne s'est rien passé d'autre. »

Il m'attire contre lui. Je me libère, même si au fond de moi j'aimerais me laisser aller.

Je me lève.

Frédéric enfouit son visage sous la couette et de sa main me fait signe de revenir.

Je me prépare un café et une tranche de pain que je tartine de Marmite, une pâte salée dont les Anglais raffolent et que Jean m'avait fait découvrir.

Frédéric lève l'autre bras et me demande de venir.

« Je ne viendrai pas. Cette nuit collée à toi m'a suffi. »

Il insiste :

« — Allez viens, lâche-toi, on est bien là au chaud, non ?

— Non. »

Il sort sa tête de la couette. Il a l'air mécontent.

« Ça va nous mener où tout ça ? Ça fait à peine quelques heures que je suis là, je ne comprends rien, je ne te comprends pas Anna.

— Tu n'es pas là pour comprendre, dis-je en avalant mon dernier bout de tartine.

— J'aime bien savoir où je vais, vois-tu », répond-il avant de sortir un paquet de cigarettes de sous l'oreiller et d'en allumer une.

Un ange passe.

« Écoute-moi monsieur la star de la télé-réalité, la seule personne autorisée à fumer ici, c'est moi. On n'est pas un couple, je fixe les règles. Tu me fais chier là. Vraiment », je m'écrie rageuse.

Il sourit, fait tomber sa cigarette à peine consumée dans le fond d'une bouteille d'Évian posée sur la table de nuit.

D'un air hautain, il me suggère de maîtriser mon langage « parce que pour une jeune fille de bonne famille, dire "tu me fais chier", c'est moche, c'est très moche chérie ».

Je ne peux réprimer un « gros con », il me répète « chérie », je m'avance et je lui flanque une gifle.

Il rit de plus belle.

Puis il se lève. Il est torse nu. Il déclare avec grâce « je vais pisser » avant de disparaître dans la salle de bains sous mes yeux ahuris et rageurs.

Chapitre 12

Nous cohabitons cinq jours ainsi sans nous comprendre. Lui à regarder la télé en boucle, y compris les émissions américaines de télé-réalité, moi à bouquiner et à dire à haute voix tout ce que je pense. L'idée d'être seule m'angoisse tant que je me résous à cohabiter avec ce type beau, malpoli, grossier. Pas méchant, certes, mais pas gentil non plus. Chaque conversation qu'il lance tourne autour de Nikos, du monde de la télé, d'Arthur, de Cauet, et de l'éclate que ce doit être de faire ce job.

Au jour 5 de Frédéric, je commence donc à ne plus pouvoir le supporter et à me dire que je n'arriverai jamais à mon but ultime, celui de retrouver mon Jean. Frédéric fait l'exact contraire de ce que j'attends de lui. Il dort sans chaussettes vertes, m'emprunte mon parfum à la fleur d'oranger, m'appelle « ma chérie ».

Il est même descendu sans mon autorisation se griller une clope au café. Pire que tout, il me parle sans cesse de son ex !

Bien évidemment il porte ses fringues à lui et pas celles de Jean, fait exprès de parler fort lorsque je mets Michel Berger qu'il ne se prive pas de critiquer « Quel nul ce Michel Berger, aucune voix, aucune nouveauté dans sa musique, aucune force dans ses mots. Ça m'étonne pas que tu aimes, c'est de la musique pour bourgeoise romantique, ça. Je parie que tu aimes Jean-Jacques Goldman et Whitney Houston aussi. Je ne suis pas contre, hein, chacun fait ce qu'il veut, mais en ce moment le top c'est David Guetta. Tu connais *The World is Mine*, son dernier morceau ? C'est génial ».

Je n'ai pas envie d'écouter David Guetta.

Je bouillonne d'exaspération.

« Bon Frédéric, on a essayé, ça ne va pas. Là on perd notre temps et mon argent.

— Ce que tu peux être négative comme fille. T'es vraiment une princesse en fait. Je te veux, je te veux pas, je te donne des commandements, je t'enferme, je t'interdis de sortir, je fais ma chef. Mais enfin Anna t'es une terroriste ! Pourquoi tu fixes des règles comme ça ? Laisse-moi être qui je suis.

— C'est pas l'idée en fait. Tu dois être qui je veux. Ce sont les termes de notre contrat.

— C'est de la merde, cette idée.

— Allez va-t'en, je te réglerai tes cinq jours.

— Hors de question, je reste.

— Mais c'est surréaliste enfin !

— Je sens que je dois rester. « *I've got a feeling* » comme dirait David Guetta. Je me trompe rarement.

Je serre les dents et je le dévisage maintenant avec haine.

« Pauvre mec mais… pauvre mec », je me suis dit à haute voix. « Mais bordel de merde tu pars ! Casse-toi pauvre con[1].

1. Cette phrase a été reprise par Nicolas Sarkozy, quelques années plus tard. Je lui ai cédé mes droits d'auteurs. De rien Nico.

— Non.

— Bon je sors, je te laisse une heure. Quand je reviens, je veux que tu sois parti. »

J'attrape ma doudoune, mon sac et je dévale les escaliers avec une putain d'envie de pleurer.

* * *

Pour me changer les idées et lui laisser le temps de déguerpir, je vais au Super U faire des courses. Je n'ai pas de meilleure idée.

Ces derniers mois, j'ai fait le choix de faire mes courses en ligne. Pas envie de me perdre dans les rayons à devoir trouver le paquet de beurre salé perdu au milieu des paquets de beurre non salés, pas envie d'aller au supermarché pour acheter un truc et de justement oublier d'acheter CE truc. Sur Internet au moins, ça va vite. Il suffit de cliquer, de pénétrer dans des rayons virtuels, de rentrer dans la barre de recherche le nom de la marque de glaces que je recherche, d'écrire mon numéro de carte bleue, de choisir le jour et l'heure de livraison et d'attendre le livreur. Comme sur le site d'escort boy, en somme.

Retourner au supermarché, c'est pour moi un acte quasi militant !

Je me perds dans les rayons pendant une heure. J'ai le sentiment d'une gamine qui est en récréation. Je remplis mon caddie de façon frénétique. Moi qui n'aime pas le Nutella, j'en prends trois pots. D'ailleurs, je prends tout en quantité faramineuse : douze boîtes de maïs, trois paquets de surimis (le truc où tu crois que tu manges du poisson et des omégas 3 alors qu'en fait tu manges de la merde), six tubes de dentifrice, huit paquets de tampons, quatre packs de bière, trois paquets de salade toute prête, cinq sachets de bonbons, quatorze plaques de chocolat noir, neuf bouteilles de lait, cinq sacs de litière pour Miaou et même, sur un coup de tête, un paquet de couches…

La caissière, que je n'ai pas croisée depuis des mois, semble vraiment heureuse de me revoir, « Dites donc, ça fait un bail que je ne vous ai pas eue à ma caisse. Vous allez chez la concurrence, ou quoi ? » dit-elle en riant. Je baisse les yeux.

Elle connaissait Jean, elle ne sait pas qu'il est mort. Elle me demande de ses nouvelles et ajoute « j'ai cru le voir l'autre jour dans la rue, il a un peu forci non ? Enfin avec tout ce que vous lui achetez de sucré, c'est normal ! Mais j'vous rassure il est toujours aussi beau votre homme ! ».

Elle conclut en faisant un clin d'œil raté puisqu'elle ferme les deux yeux (ce qui lui vaut le titre de moins bonne cligneuse d'yeux de l'année). Puis examinant le paquet de couches, elle dit « ah mais je comprends mieux pourquoi on vous voit moins. Vous avez eu un bébé ! C'est merveilleux un bébé, c'est la plus belle chose au monde ! C'est le sens de la vie, c'est du bonheur en barre, c'est magique, c'est surprenant, c'est fou. Je suis maman de quatre enfants, le plus beau métier du monde ».

Je n'ai pas envie de la contredire, elle a l'air si heureuse pour moi. Je n'ai pas envie d'expliquer que non, je n'ai pas eu de bébé, que j'ai pris ce paquet de couches par erreur, que je suis dans la période la plus sombre de mon existence. Je n'ai pas envie de lui raconter que j'ai perdu l'homme de ma vie bêtement, comme on perd ses clés.

Je lui souris simplement et je repars avec mes paquets bien trop lourds pour mes bras affaiblis par la tristesse.

Le temps d'arriver en bas de chez moi, un des paquets lâche. Les œufs se sont répandus sur le trottoir, le lait a giclé, les yaourts ont explosé, le sucre s'est éparpillé. Je regarde toutes mes provisions avec effroi et je ne peux retenir mes larmes. Une dame d'environ 2 389 ans se poste devant moi « faut pas pleurer mademoiselle. Ça m'arrive tout le temps. L'essentiel c'est que vous pourrez changer votre bébé, le paquet de couches est intact ».

Je pleure de plus belle avant d'hurler « Mais j'ai pas de bébé, j'ai pas de bébé ! J'en n'aurai jamais. J'aime pas les bébés ! J'ai personne avec qui en faire. Tu comprends ? Ça pue, ça chiale, ça sert à rien. Tout ce que j'ai c'est un crétin qui se prend pour Nikos. Alors si tu crois que c'est avec ça que je vais repeupler la France, tu te trompes. Y'a rien qui va. Rien ».

La vieille dame revêt un air maternel et s'approche de moi. Elle me caresse les cheveux. Tout en me tendant un mouchoir, elle dit d'un ton rassurant « Il y a toujours de l'espoir. Vous êtes jeune, la vie est belle croyez-moi ».

Ça me fait du bien. Je rassemble les affaires éparpillées dans un sac qu'elle me tend « Tenez, j'avais pris mon cabas pour faire les courses. Je vous le donne, ma jolie ».

Parfois des inconnus font plus en trente secondes que l'humanité toute entière en mille ans.

Je suis prête à retourner chez moi. Mes joues sont rougies par les larmes et le froid. Mes yeux sont gonflés. J'appuie dessus pour tenter de les désenfler (dès que je pleure j'ai les yeux qui gonflent, c'est un lourd héritage familial, merci maman. Alors comme j'ai lu qu'il fallait appuyer par petites pressions dans le *ELLE* ou le *COSMO*, je le fais à chaque fois même si ça ne marche jamais. J'ai aussi lu dans un magazine féminin que les crèmes anti-hémorroïdes font dégonfler les yeux mais j'ai un peu peur d'avoir les yeux qui sentent le cul).

* * *

Une heure a passé mais quand j'appuie sur le bouton de l'ascenseur, avec mon cabas de vieille et mes doigts gelés, je sais qu'il est encore là. Je le sens. Ascenseur pour l'échafaud.

Devant la porte du studio, je colle mon oreille pour tenter de percevoir un bruit quelconque. Rien.

Avec mon pied, je pousse la porte.

Frédéric est assis sur le canapé, il ne remarque même pas ma présence. Ses yeux sont rivés sur une rediffusion d'une émission made in USA, « The Bachelor ».

Je lâche mes paquets et je me plante devant l'écran pour capter son attention.

— Frédéric, l'heure est passée, je souffle éreintée.

— Qu'est-ce que tu as aux yeux, t'es toute gonflée ? Tu peux te pousser, je vois rien là, t'es devant la télé.

— Non je ne me pousserai pas, d'ailleurs j'éteins cette télé, je suis encore chez moi.

— OK, tu veux dominer la situation, très bien. Tu sais que des psys ont mené une enquête : celui qui tient la télécommande est le pilier de la maison. Tu revendiques ce statut, soit… Mais putain tu fais une allergie ou quoi ? Tes yeux… !

— Nous ne sommes pas un foyer, nous ne sommes pas un couple, nous ne sommes pas amis, nous ne sommes même pas des fuck-friends, nous ne sommes rien en fait l'un pour l'autre.

— C'est de ta faute ça. Tu veux me jeter comme un malheureux, à la veille de Noël. Tu sais que légalement c'est pas possible de mettre les gens à la porte en plein hiver ?

Il me regarde avec ce sourire greffé sans cesse à sa face et dont je ne sais jamais s'il veut dire « pauvre fille » ou bien « tu me plais ».

Il est assis sur le canapé (MON canapé), avec le chat (MON chat) sur ses genoux. Je suis postée avec mes yeux de zombie devant la télévision avec la télécommande en main (comme arme de destruction massive on a fait mieux). Je pense dominer la situation du fait de la position de mon corps. En fait, je ne domine rien du tout. Je suis paumée.

Je veux qu'il parte mais je ne veux pas être seule. Je veux de l'amour mais je ne le veux pas lui. C'est Jean que je veux et il n'est pas Jean.

À ce moment-là, contre toute attente, il se lève, m'attrape la main et dégage les mèches qui voilent mes yeux gonflés. Il entoure ma taille et me serre tendrement. Ça me fait du bien.

Il m'attire contre lui et déclare avec douceur « J'ai un mois d'essai, laisse-moi squatter ici jusqu'au 11 janvier. Pile un mois. Après je partirai si tu veux. Mais tu verras, tu m'imploreras de rester, tu me diras que tu n'es rien sans moi, tu auras envie de disparaître loin, tu seras déprimée, tu mangeras dix-sept pots de Nutella par jour, tu entreras en religion, tu écriras un livre sur moi, tu chanteras un hymne à ma gloire, tu verras ! ».

C'est idiot mais ça m'a amusée.

C'est idiot mais je lui ai dit de rester.

Chapitre 13

Comme j'ai encore trois semaines à passer avec Frédéric, autant repartir sur des bonnes bases.

Ce jeudi matin-là, je lui sors des fringues de Jean.

« On sort aujourd'hui, habille-toi vite. »

Il est midi. J'extrais Frédéric de son sommeil. Il a dormi sur le canapé, acceptant enfin de porter des chaussettes vertes.

Il me lance un regard méfiant, presque inquiet.

Je vois d'ici le moment où il va refuser de s'habiller comme je le veux. À ma grande surprise, sans broncher, il s'exécute. Il se relève du canapé, passe sa main dans ses cheveux afin d'y mettre de l'ordre, étire ses bras, pousse un cri de détente, jette un regard sur les vêtements choisis et sourit.

Il enfile le pantalon de velours beige et le pull marine de Jean. On dirait que ces habits ont toujours été les siens. J'ai un haut le cœur tant il ressemble à Jean. Il le remarque et me demande « À qui sont ces fringues Anna ? À ce type, ce Jean ? ». Je ne réponds rien.

Je lui tends le manteau noir en peau lainée de Jean.

« Mets-le, il fait froid.

— Merci de prendre soin de moi, c'est vraiment très gentil Anna, répond-il avec malice. »

Dans l'ascenseur, pas un mot.

J'ouvre vigoureusement la lourde porte cochère de l'immeuble. Nous allons nous offrir au monde extérieur. J'ai un peu peur.

Dehors, il fait froid. Il me tient par la taille. Quiconque nous croise dans la rue ne peut pas imaginer l'envers du décor. Aux yeux du monde, nous sommes un vrai couple. Et ça me réjouit.

— Où m'emmènes- tu ? demande-t-il.

— Au cinéma. On va voir *Titanic*.

J'ai trouvé l'unique cinéma de Paris qui diffuse encore, ou plutôt de nouveau, *Titanic*. Nous sommes seuls dans la salle. On s'assoit au premier rang. J'aime bien être proche de l'écran, ça me donne le sentiment d'être « dans » le film.

Frédéric se penche vers moi.

— Mais Anna, tu sais que ce film est sorti en DVD ? Pourquoi on se tape une salle glauque ?

— Oh tu poses trop de questions ! JE décide. JE décide d'aller voir ce film.

— Oui chef ! À vos ordres chef ! répond-il dans un grognement.

Mon premier baiser avec Jean. Voilà ce que je suis venue chercher ici.

La salle se plonge dans le noir. Le film commence. Le parfum Habit rouge a imprégné le pull dont j'ai affublé Frédéric. Il se colle doucement à moi et attrape ma main.

Alors que Jack (Leonardo, Dieu qu'il beau !) et Rose se rapprochent sur le fronton du navire, je me serre contre lui.

Au moment où Jack-Leo et Rose-Kate font l'amour dans la buée d'une voiture et que la main de Rose glisse sur la vitre de la voiture, je tourne mon visage vers celui de Frédéric. Je pose mes mains de part et d'autre de son visage et je l'embrasse. Il se laisse faire.

Revivre mon premier baiser avec Jean. Revivre mon premier baiser avec Jean. Revivre mon premier baiser avec Jean.

S'il avait été Jean, il m'aurait susurré « je t'aime », j'aurais tremblé de bonheur, j'aurais voulu que ce moment ne s'arrête jamais.

Mais Frédéric est Frédéric. Malgré l'odeur, malgré les vêtements, malgré le film.

Je ne ressens rien en l'embrassant. (J'aurais embrassé mon chat, j'aurais eu plus de frissons.)

Il coupe court au malaise.

« Désolé Anna, j'avais un chewing-gum dans la bouche. Attends je l'enlève, on recommence ? »

Allez savoir pourquoi, je n'ai pas eu envie de recommencer…

En sortant du cinéma Jean m'avait crié son amour. C'est important le premier « je t'aime ».

Je demande à Frédéric de me le dire « dis moi que tu m'aimes. Hurle-le. Hurle-le plusieurs fois ».

Il paraît étonné.

À mon visage il comprend qu'il n'a pas le choix.

Alors, comme dans un mauvais film joué par des mauvais acteurs, il chuchote sans aucune conviction « je t'aime Anna, je t'aime Anna, je t'aime Anna » comme il aurait pu dire « j'aime le foie de volaille, j'aime le foie de volaille, j'aime le foie de volaille ». (Ou le foie de veau, je ne suis pas raciste.)

« Mais plus fort enfin ! Je n'entends rien ! »

Il bombe son torse, racle sa gorge et d'une respiration ventrale hurle « Je t'aime Anna ! Je t'aime Anna ! Je t'aime Anna ! ».

Des passants se retournent surpris. Ça n'est pas encore assez pour moi.

« Dis que t'es le roi du monde maintenant. »

Il s'exécute mollement.

— Je suis le roi du monde.

— Dis-le avec plus de conviction !

Il me regarde décontenancé avant de crier « Je suis le roi du monde ! ». Il a compris.

— C'est bien ! Tu vois quand tu veux !

— C'est fou ce que tu m'ordonnes de faire Anna.

— C'est amusant, non ? je demande.

— Non pas très amusant. Un peu flippant à vrai dire, répond-il en haussant les épaules et en marchant vite.

Il continue d'avancer ; il est devant moi. Soudain il s'arrête. Lorsque j'arrive à sa hauteur, il attrape ma main. La sienne est moite.

— Je déteste les mains moites, dis-je d'un ton méprisant.

— Mais tu sais Anna, j'ai les pieds poites, c'est encore pire, réplique-t-il dans un rire gras.

Il enchaîne « tu n'as pas compris la blague sinon tu aurais ri. Les Mains Moites, les Pieds Poites, ce qui est drôle c'est que le mot Main et le mot Moite commencent avec un M et le mot Pied et le mot Poite avec un P, c'est pour ça que c'est marrant. En fait le mot Poite n'existe pas, c'est pour la blague. C'est subtil hein Anna ? Tu es étonnée, non, par mon humour fin ? C'est fin, ça se mange sans faim ! C'est marrant, c'est une réplique dans *Le Père Noël est une ordure*.

Je connais ce film par cœur. Et puis tu te souviens de la scène de l'ascenseur avec… comment elle s'appelle déjà… Mme Musquin… »

Il faut qu'il se taise. Il est en train de tout foutre en l'air.

« Non ta blague n'est pas drôle et encore moins fine. Tu es ce qu'on appelle un mec lourd. Et puis tu as juste gâché ce moment », dis-je, exaspérée.

Je l'entends grommeler.

Je baisse les yeux. Je passe devant lui, je marche vite. Je ne veux pas être à ses côtés. Ne surtout pas donner l'impression que nous sommes ensemble.

Il court et tente de me rattraper.

Mais je suis plus rapide, je connais le chemin.

J'arrive au métro que j'attrape *in extremis*. Les portes se ferment. Frédéric les pousse de justesse et arrive à se glisser dans la rame. Je suis debout, ma main droite s'accroche au poteau. Il pose la sienne, toujours moite, par-dessus la mienne. Il est en nage. Il serre fort sa main contre la mienne. Il plante ses yeux dans les miens et dit d'un ton rassurant.

« Ne t'inquiète pas Anna, ça va aller. »

* * *

Une fois à la maison, il se fait couler un bain et me demande brusquement si je n'ai pas envie de le prendre avec lui « ça te fera du bien ». Je me retourne et répond que non et que d'ailleurs il n'est pas censé prendre des initiatives. Je lui ai pourtant bien recommandé de prendre des douches !

« Très bien. Très bien. Oui patronne. »

Je rectifie « Ne m'appelle pas patronne ».

Comme pour me défier il riposte « OK amour de ma vie. C'est comme ça que se parlent les amoureux, non ? »

Je lui jette un regard sombre « nous ne sommes pas amoureux ».

Je soupire. Je suis fatiguée. J'ai simplement besoin de dormir et d'avoir du silence.

Frédéric ne me laisse pas de répit. Il sort son sourire étrange, celui qui est sans cesse accroché à son visage « mais tu m'as demandé de te dire que je t'aime à la sortie du film. Moi je prends vraiment ça au sérieux. Je t'aime Anna. Je t'aime Anna. Je t'aime Anna. Je t'aime Anna. Je t'aime Anna. Je t'aime Anna. Je t'aime Anna. Je t'aime Anna. Je t'aime Anna. Je t'aime Anna. Je t'aime Anna. Je t'aime Anna. Je t'aime Anna. Je t'aime Anna. Je t'aime Anna. Je t'aime Anna. Je t'aime Anna. Je t'ai… »

Je l'interromps, tremblante de rage « mais ta gueule, TA GUEULE, TA GUEULE ! ».

J'ai la nausée. Je veux juste la paix.

Il se marre avant d'ajouter « Quel coffre ! Je déconnais. Comment pourrais-je t'aimer Anna ? Qui pourrait aimer une fille comme toi ? ».

Je rassemble mes forces, j'attrape ma doudoune et je sors en prenant bien soi de claquer violemment la porte derrière moi.

Chapitre 14

À mon retour, Frédéric dort sur le canapé avec Miaou sur le ventre. MTV passe en boucle des clips avec des filles à poil. (Pas à poils, hein… c'est là toute la complexité de la langue française. Tu rajoutes un S et hop ! la phrase prend une tournure différente. Méfions-nous de l'orthographe, elle avance masquée et ne fait pas de cadeaux.)

La fenêtre est ouverte. Le vent froid souffle sur l'homme et le chat. Ils dorment d'un sommeil paisible. C'est moi l'intranquille de la maisonnée.

Je déplie une couverture en pilou dont je les entoure.

Frédéric se retourne. Dans son sommeil, il murmure quelque chose d'indistinct. Il est beau. Il ne s'est pas rasé ces derniers jours et cette barbe naissante lui confère un air de navigateur.

Je reste assise de longues minutes ainsi au bord du canapé à le regarder.

D'un seul coup Miaou bondit. J'ai peur que ça ne réveille Frédéric. Je ne veux surtout pas qu'il puisse voir que je m'attendris devant lui.

D'une cabriole, je me lève et plonge tout habillée dans mon lit.

* * *

Encore vêtue de mes vêtements de la veille, la queue de cheval à peine défaite, je relève mon visage de l'oreiller. Les yeux mi-clos, je regarde l'heure sur mon téléphone. Il est 9 h 30. J'ai bien dormi.

Je jette un regard vers le canapé. Frédéric n'y est pas.

Je suis prise de panique.

À ce moment-là, j'entends la porte de la salle de bains qui s'ouvre. Je replonge ma tête instinctivement dans l'oreiller.

« Anna, je t'ai vue bouger ! » lance Frédéric.

Je reste stoïque, inerte sous la couette.

« Anna, je plaisantais hier soir. Tu as tous les attributs de la femme dont n'importe qui serait amoureux. Le monde entier devrait être amoureux de toi d'ailleurs. Allez viens, on s'aime. »

Il se fiche de moi. Je serre les dents. Je sors mon visage de l'oreiller et me tiens assise dans le lit. Il sourit.

— En plus tu souris ! Quel toupet ! dis-je, un poil remontée.

— Quel toupet ? Mais c'est quoi cette expression de vieille ?

— Ce n'est pas parce que personne ne l'utilise sur tes émissions de télé-réalité que c'est une expression de vieille !

— Bah si quand même ! Non mais je ris parce que tu as la trace de l'oreiller sur tes joues.

Aussitôt, comme si ma main avait le pouvoir d'effacer les traces du sommeil, je passe ma paume sur mes joues. Frédéric s'approche du lit et dans un réflexe animal je lui crie « Non, non ! Ne t'approche pas ».

Il continue d'avancer « t'inquiète pas jeune fille. C'est bien ça qu'il faut que je dise "jeune fille" ? Loin de moi l'idée de t'approcher ! Je viens juste récupérer la télécommande sur la table de nuit, y'a une rediffusion d'une émission sur David Guetta ».

J'attrape la télécommande.

« Non pas de télé ce matin. J'ai une surprise. On part en week-end. »

Chapitre 15

Le taxi nous dépose Gare Saint-Lazare.

Sur le chemin du studio à la gare, Frédéric ne dit rien. Il a enfilé les vêtements que je lui ai préparés. Je suis en jean avec un sweat « la vie est belle », des vans et ma doudoune.

Le chauffeur nous demande « Alors les amoureux, vous partez où comme ça ? ». On ne répond pas. Il continue de rouler.

Long silence. Gêne.

Au Relay de la gare, j'achète des Tic Tac à la pomme et *L'Express*, comme Jean l'aurait fait.

Je tends le tout à Frédéric. Il fait la moue. Il aurait préféré que je lui achète *Entrevue* et des malabars. Il saisit la boîte de Tic Tac et l'avale cul sec comme un shot de vodka.

Je regarde ma montre. Il est 10 h 22. Je saisis sa main et nous courons vers le quai numéro 14 où nous prenons un train. Direction Trouville-Deauville.

Une fois assis, je lui tends une feuille « Voilà, demain nous arriverons devant une maison, La Mare au Diable. Tu seras gentil de me dire ce texte, s'il te plaît. Essaie de le savoir par cœur pour avoir l'air convaincant. » Il attrape le papier, le déplie, lit et le referme aussitôt.

Le trajet se passe dans un silence que même les moines nous envieraient. Deux heures plus tard, nous arrivons. Le débarquement normand.

Le soleil d'hiver pointe.

Frédéric ne dit rien. « Tu es content d'être là ? » je lui demande. Il répond qu'il ne sait pas, que ça dépend de moi et ajoute :

— J'aimerais mieux te connaître Anna. Peut-être qu'enfin on va pouvoir se comporter normalement et parler de nous.

— On ne parle ni de toi, ni de moi, ta vie je m'en fiche, je te l'ai dit plusieurs fois. On vit le moment présent. Point barre.

Il me jette un air déçu.

— Comme tu voudras, Anna, répond-il en haussant les épaules.

* * *

J'ai loué une voiture chez Avis, une Fiat Punto. J'ai tout organisé, tout prévu. Je veux revivre ma première escapade avec Jean à Trouville.

Le type de chez Avis fait le tour de la bagnole avec nous pour identifier tout dommage déjà existant et le noter sur la fiche bleue. Le véhicule est en très bon état. Je suis sur le point de signer le papier lorsque Frédéric ose un « Eh mon gars il y a une rayure sur le bas du côté gauche. Faut que ce soit noté, on me la fait pas à moi ».

Le type se baisse, regarde, mais ne constate aucune rayure et répond d'un air penaud « Écoutez monsieur, je ne vois rien ».

Frédéric poursuit d'un ton désagréable « Tu vois bien la rayure, là ! Tu notes, s'il te plaît. C'est pas compliqué, on va pas en venir aux mains tout de même hein ? ».

Le type est blafard.

Frédéric reprend, crispé « Écoute, on va pas y passer la journée, j'ai ma femme qui a envie de me faire découvrir le paysage normand. Tu prends ton petit stylo quatre couleurs, tu notes, on prend les clés et c'est réglé ».

J'assiste, impuissante, à cette scène.

« Hein chérie, dis au monsieur de se montrer coopératif », me lance Frédéric.

C'en est trop. Je l'attrape par le bras « Tu peux pas t'en empêcher, hein. Y'a pas de rayure. Et puis c'est mon problème, en fait, puisque c'est moi qui paie. Et puis je ne suis pas ta "chérie", bordel. Cesse de m'appeler comme ça ».

Le type de chez Avis ricane « Ah, c'est Madame la chef à ce que je vois ! ».

Frédéric lui lance un regard sombre et tend sa main pour que l'autre lui file les clés.

Le type s'exécute. Je crois bien qu'il nous prend pour des fous. Je crois bien qu'il a raison.

* * *

Il est 13 heures. Frédéric, comme un bébé qui attend sa tétée, miaule « J'ai faim ». Ça attendra.

On monte dans la voiture. Je suis au volant.

Il allume le poste de radio et met NRJ (Black Eyed Peas, Lets, *Shut up)*.

Je peine dans la côte, je cale tout en mettant FIP (Ella Fitzgerald et Louis Armstrong, *Summertime*).

Il remet NRJ (Nadiya, *Parle-moi).*

Je cède.

Frédéric connaît la chanson par cœur.

Parle-moi de tes guerres,
parle-moi de tes droits,
parle-moi de ce père qui te bat tant de fois,
parle-moi de tes peurs,
parle-moi je te crois,
parle-moi de ton cœur
Qui se meurt au combat.

Tandis que je cale à nouveau, il chante avec entrain, m'apostrophant de « c'est top non, j'adore cette chanteuse, elle est trop géniale. C'est tout de même plus gai que ta Barbara, non ? Allez bouge ton corps, Anna, bouge ! Lâche-toi, la vie est belle ! »

Un « *ta gueule* » m'échappe.

Visiblement nous n'avons pas non plus les mêmes goûts musicaux.

Je roule jusqu'à ce qu'on arrive dans les hauteurs de Trouville. Frédéric chante. Il pianote sur son téléphone portable.

« À qui t'écris ? », je demande intriguée.

Il ne répond pas. Je repose ma question. Il feint de ne pas avoir entendu

— Oh mais t'es sourd ou tu le fais exprès ?

— Je le fais exprès Anna, évidemment. Je n'ai pas envie de te dire à qui j'envoie un SMS, c'est mon droit. Peut-être à ma mère, à mon meilleur pote, à ma copine, à mon père.

— T'as une copine ?

— T'es pas jalouse au moins ?

— Jalouse ? Aha. Aha. Aha.

Je crois que je suis un peu jalouse. Au moins intriguée, en tout cas.

Nous arrivons devant l'entrée de la résidence où les parents de Jean avaient leur studio, La Mare au Diable.

Je prie Frédéric de descendre de la voiture. Il s'exécute. Il attend mes instructions.

« Le papier d'hier dans le train, c'est le moment là… » lui dis-je.

« Oui, oui bien sûr… le papier… » répond-il l'air paumé.

Alors Frédéric, avec beaucoup d'emphase, son papier à la main, déclare « Ma douce, George était une femme ! ». On se croirait dans une pièce de Labiche où il serait le mari qui découvre que l'amant est dans le placard. Tout sonne faux. Je ne revis absolument pas ce que Jean et moi avions vécu. Ce moment est gênant. Frédéric voit à ma mine défaite que je suis déçue.

Il enfouit le papier dans sa poche, s'approche de moi et beaucoup plus convaincant, plongeant ses yeux dans les miens, déclare « Ma douce. George était une femme enfin ! Désormais je t'appellerai George, jeune fille. Allons manger maintenant ! ».

Il est si bon dans ce rôle soudainement que j'y crois.

Je me blottis dans ses bras et je le serre.

Je ferme les yeux. Je suis avec Jean.

Chapitre 16

À midi, nous déjeunons au Central. J'ai envie de moules. Je commande du calvados pour moi, du champagne pour Frédéric. Je veux continuer d'avoir l'illusion que je suis avec Jean. Et ce moment devant La Mare au Diable est le début d'un semblant de bonheur.

Je déchante vite. Au moment où je passe commande, Frédéric proteste comme un gosse « J'aime pas les moules, j'arrive jamais à attraper la partie qu'il faut manger ». Je le regarde avec arrogance « Mais en fait t'es jamais content toi. Mange tes moules, fais-le pour moi ».

Lorsque son plat arrive sur la table, il est démuni. Il ouvre une moule qui lui glisse des mains et atterrit par terre. Je ris. Il tente d'en attraper une autre avec une fourchette mais elle lui échappe à nouveau et s'envole au-dessus de la table. Il me lance un regard quasi désespéré. Amusée, je propose de les lui décortiquer. Il accepte.

Alors il boit son champagne et mange ses moules en faisant la mou(l)e.

Ce déjeuner est parfait, je tiens là un moment d'extrême bonheur.

Je commande un autre verre de calvados. Je suis ivre et détendue. Peut-être même heureuse. J'ai l'illusion de revivre le passé, d'avoir mon Jean, mon homme, ma moitié, mon moi qui n'est pas moi, à mes côtés.

Frédéric, tant par son évidente ressemblance physique que par son rôle dont il s'imprègne peu à peu, parvient à ce moment précis à être une sorte de Jean. J'en arrive même à oublier qu'il n'est pas blond.

Sans crier gare, il se met à me parler de son enfance. Au départ je lui demande d'arrêter puis l'alcool aidant, je cède.

* * *

« Je suis né dans une famille de quatre filles. Je suis le petit dernier, chouchouté toute ma vie par les femmes. D'ailleurs mes sœurs et ma mère sont toujours super importantes pour moi, dans tout ce que je fais. »

Je me recommande un verre. Je sens que le récit va être long.

« Mon père est mort quand j'avais seize ans, un cancer de la gorge. Lui qui n'avait jamais fumé, un comble. Il avait cinquante-huit ans, il était garagiste dans l'Oise, où j'ai grandi. J'ai toujours été un cancre à l'école, je crois bien être l'unique mec à avoir redoublé deux fois sa 5e. J'ai toujours su que l'école, les études, c'était pas mon truc. Et puis, j'ai un destin, je le sens. »

Je l'interromps « Je te recommande une coupe ? » Il acquiesce et reprend son récit là où il s'était arrêté.

« Alors voilà j'ai fait un peu de tout : coach sportif, prof de fitness, mannequin pour La Redoute et puis donc escort boy depuis un an. Maintenant, je sais ce que je veux. Je sais que tu trouves ça con, Anna. Mais mon rêve, c'est la télé. Alors si Nikos y est arrivé, pourquoi pas moi ? »

Il est touchant. Je me lève et m'assois sur ses genoux. Il poursuit.

« J'ai croisé Loana une fois en boîte, elle m'a conseillé de démarrer par la télé-réalité. Alors bon, comme j'ai rien à perdre… J'en ai parlé à ma mère et à mes sœurs, elles trouvent que j'ai raison. Et moi, je suis toujours leur avis. »

Je bois ses paroles. Je suis ivre de son récit et de calvados.

Je ris maintenant.

« Je ne connais pas l'Oise. On ira un jour hein ? Dis, on ira ? », je lui chuchote à l'oreille.

Frédéric regarde sa montre. « On y va ? ».

Je me relève.

Je titube.

Je suis saoule.

« Avec toi, je vais où tu veux », je réponds.

Il place ma doudoune sur mes épaules, m'attrape le bras et tels des amants, nous quittons la brasserie sous une pluie battante.

Chapitre 17

J'ai réservé une chambre dans un petit hôtel, Le Carmen, situé tout près de la plage de Trouville.

Arrivés dans la chambre mansardée et tapissée de toile de Jouy rose, il ôte mon manteau. Mes cheveux sont trempés. J'ai chaud, je suis ivre. Mon cœur palpite si fort qu'il devrait pouvoir en entendre les battements. J'aime ce moment qui, je le pense, va précéder une union charnelle. J'ai envie qu'il m'embrasse. Alors que je suis prête à tout, Frédéric rompt ce moment d'excitation d'un « Quel temps de merde, je vais aller au casino, y'a que ça à foutre ».

* * ***Flash publicitaire sponsorisé par l'office du Tourisme de Trouville** * * *

(Ville jumelée avec Vrchlabi [République Tchèque], Barnstaple [Royaume uni].)

Par temps de pluie, la ville de Trouville est heureuse de vous proposer :

— *Sa merveilleuse pâtisserie Charlotte Corday.*
— *Sa thalassothérapie avec ses jets de la mer.*
— *Sa villa Montebello qui fait office de musée.*
— *Ses balades sur la plage sous un parapluie que la ville sera heureuse de vous offrir.*
— *Son marché aux poissons.*
— *Et puis au pire il y a les cinémas de Deauville.*

*** * * L'office du Tourisme de Trouville est heureux de vous avoir proposé des alternatives au Casino * * ***

Je suis abasourdie par la propension qu'a Frédéric à casser un moment érotique.

Le casino, c'est tout ce que je déteste dans la vie (avec les harengs fumés, les tatouages, les chihuahuas, les fumeurs de cigares, les plages de Juan-les-Pins en août et les films avec Steven Seagal). Je le stoppe net « Non, tu ne vas nulle part. Tu restes ici avec moi ».

Il se tait un instant. Il a l'air stupéfait. Sur un ton arrogant, il me demande si je me rends compte que je suis pathétique.

Malheureusement, je m'en rends compte ; mais je viens de vivre un moment heureux. J'ai le fantôme de Jean devant moi. Je suis persuadée que nous allons faire l'amour. Je suis bien. Et là Frédéric vient tout briser avec ses envies de casino…

Je ne veux pas qu'il m'abandonne dans cette chambre normande. Je refuse qu'on me laisse. Pourtant je ne peux pas le retenir prisonnier entre ces murs. Alors je prends sur moi et je propose de l'accompagner.

Au casino, Frédéric est comme un poisson dans l'eau. Je le suis entre les machines à sous en traînant des pieds. Je fais la gueule. Je ne veux pas être là. Le bruit des machines mêlé à celui de la foule me donne le tournis. Frédéric me tend une pièce « tiens, joue ! Tu sais ce qu'on dit. Malheureuse en amour, heureuse aux jeux ! Tu as tes chances, non ? ». Connard.

Je refuse sa main tendue. Il rit.

Dans le courant de la soirée, il gagne deux cents euros. Il saute de joie, hurle de bonheur et crie « oh oui, oh oui, je jouis presque ». Il est grotesque.

Pour m'éviter de dire quoi que ce soit, je me mords l'intérieur des joues, une habitude que je tiens de l'enfance lorsque ma mère m'engueulait. Me mordre plutôt que de m'avouer vaincue.

Je saigne maintenant. J'ai mal.

Frédéric ne se rend compte de rien. Il m'indispose. Il crie si fort que tout le monde le regarde.

Dieu que Jean me manque !

* * *

La première fois qu'on avait fait l'amour, c'était magique.

C'était ma première fois. Jean avait plus d'expérience que moi. Non pas qu'il m'ait dressé son tableau de chasse mais je sentais bien à la façon dont il prenait les choses en main qu'il avait déjà eu des expériences sexuelles.

C'était à Trouville. Il m'avait proposé de regarder un film. « Mes parents ont gardé leur magnétoscope Betamax des années 80, il y a plein de cassettes sous le canapé, je vais nous trouver un petit chef d'œuvre. »

J'étais assise. Il s'était mis à mes genoux. Il m'avait regardée droit dans les yeux et demandé de l'épouser « plus tard, quand nous serons grands ». J'avais ri.

— Nous marier ? Sérieusement ? Mais enfin, nous ne sommes ensemble que depuis deux jours ! On ne se connaît pas ! Je ne sais même pas ce que je fais en août alors ce que je ferai dans cinq ou six ans…

— Je suis très sérieux, jeune fille. Je n'ai jamais été aussi sérieux de toute ma vie. Je sais que c'est toi. Je sais que je veux que tu sois la mère de mes enfants. Je le sais.

— Jean… c'est un peu précipité… On a le temps, non ? Je n'ai même pas rencontré tes amis, tes parents, je n'ai rien vécu avant toi, je n'ai… nous n'avons pas fait l'amour… c'est impossible de dire oui !

— Mes amis tu peux les rencontrer demain si tu veux ; mes parents et ma famille, après-demain. Quant à faire l'amour, prenons notre temps. À moins que tu ne puisses pas résister à mon sex-appeal !

Je me souviens avoir regardé ce beau garçon dont je disais la veille à ma meilleure amie qu'il était l'homme de ma vie. Je me souviens avoir relevé son visage vers le mien. Je me souviens avoir posé mes lèvres sur les siennes. Je me souviens avoir répondu :

« Oui. Jean oui. Je te promets de t'épouser. Tu es dingue, complètement dingue et je t'aime. »

Il s'était levé, le film Casablanca *entre les mains. Puis, collés l'un à l'autre, nous avions regardé Humphrey Bogart et Ingrid Bergman.*

C'est juste après le film que nous avons fait l'amour. Les détails ont peu d'importance. Je peux simplement écrire ici que je souhaite à toute femme d'être caressée, embrassée et aimée de la façon dont Jean me chérit cette nuit-là.

* * *

Après avoir reperdu cent cinquante euros, nous quittons le casino. Je n'ai qu'une idée en tête : retourner à l'hôtel et regarder *Casablanca*. J'y pense depuis le matin dans le train. Frédéric, lui, a faim (décidément), il traîne des pieds sous la pluie glaciale.

Qu'est-ce que je fiche là avec lui dans un Trouville désert, condamnée à dormir dans une chambre où il n'y a qu'un lit et pas de canapé ? J'hésite entre le rire et les larmes. Quelques heures avant, je riais avec Frédéric et je le désirais. Mais quelques jours avant, je voulais surtout qu'il parte à jamais.

Il y a peu, j'avais envie de mourir. Il y a peu, on m'avait pris mon homme, ma moitié sans qui la vie n'était plus qu'une plaie béante.

Je suis tout et son contraire.

Je veux toucher mon passé tout en allant de l'avant. Je rêve de retrouver Jean, mais il est mort.

Et je sais que je ne peux pas le ramener. Alors comment ai-je pu imaginer que mon projet de sosie était une bonne idée ?

Un « j'ai la dalle » me sort de mes pensées. Nous sommes à proximité d'un restaurant italien. Je lui demande si ça lui convient et il acquiesce.

Mais ce soir-là, même le restaurant est pathétique.

Les serveurs sont aussi italiens que moi je suis soudanaise. Ils s'inventent un accent rital en roulant les R et en chantant « la donna e mobile » entre chaque plat. Je ne peux réprimer un gloussement lorsque le serveur, visiblement ch'ti, se lance dans un monologue en italien.

Frédéric m'observe. « Tu es belle quand tu es heureuse » dit-il.

Je rougis.

Je ne sais pas comment on en arrive là, mais on entame une conversation surréaliste sur l'origine de la pizza. Je lui explique que ça vient d'Italie évidemment. Lui me fait marcher en soutenant que non, c'est l'œuvre d'un certain Monsieur Pizzatevski, un russe, qui un soir de beuverie à la vodka, avait découpé une des ses fesses plates et l'avait offerte à sa femme Douchka.

J'ai un fou-rire.

« Tu sais ce qu'on dit… femme qui rit… »

Définitivement, Frédéric a la classe.

* * *

Un peu ivres, nous rejoignons notre hôtel.

Dans la chambre, Frédéric s'allonge avec décontraction sur le lit. Ses jambes restent pliées et ses pieds touchent le sol. Il étend ses bras en arrière. Je suis toujours debout, je n'ai pas enlevé ma doudoune. Je ne bouge pas. Je l'observe.

Il ferme les yeux et accroche un léger sourire à sa face.

Si je m'écoute je me jette sur lui, je l'embrasse, je le déshabille, je le caresse, je le saisis, je me cabre et je jouis.

C'est alors que Frédéric demande à mi-voix « Anna, faisons l'amour, non ? ». Je ne réponds pas.

Il ajoute « J'ai jamais eu une mission aussi platonique… tu me diras dans le mot platonique y'a plato… C'est drôle n'est ce pas ? ». Il pouffe d'un rire gras.

Définitivement (bis repetita), Frédéric a la classe.

Il a le don de tout gâcher.

J'ôte ma doudoune, privée que je suis de toute pensée érotique.

Frédéric se lève, m'encercle de ses bras.

— Non laisse-moi. Je suis fatiguée, je souffle mollement.

— Tu as peur Anna ?

— De toi ? Laisse-moi rire ! Je suis juste fatiguée et tu m'énerves avec tes blagues et tes attitudes.

— Très bien. Alors dormons.

Nous nous couchons à chacune des extrémités du lit (1 m 60 de largeur), sans chaussettes vertes (je les ai oubliées), moi en pyjama de pilou rose, lui en jogging gris.

J'éteins la lumière et avant de fermer les yeux, je le mets en garde.

— Que les choses soient claires : on dort. N'essaie rien.

— Oui patronne ! plaisante-t-il.

— Bonne nuit.

— Bonne nuit Anna.

J'ai du mal à trouver le sommeil. Lorsque j'étais enfant, ma mère me conseillait de compter non pas les moutons mais les papillons. « C'est tout de même plus joli un papillon. En plus ça ne bêle pas ! » chuchotait-elle.

J'ai gardé cette habitude à l'âge adulte. J'imagine des papillons de toutes les couleurs qui volent. J'avais transmis cette technique à Jean, lui qui peinait à s'endormir. Ça marchait à chaque fois. Je l'entendais compter en chuchotant, parfois jusque deux mille trois cents papillons. Je faisais semblant d'être endormie pour me laisser bercer par la voix de mon homme. Jean avait baptisé cette technique « l'effet papillon ».

Ce soir-là, à côté de Frédéric j'ai compté huit-cent soixante papillons.

* * *

À 4 h 12 (je le sais car j'ai regardé l'heure sur mon téléphone portable), Frédéric se lève pour aller aux toilettes. Il ne prend pas la précaution d'être discret. Il allume la lumière de la salle de bains mais n'en ferme pas la porte. Le jet de lumière qui s'en échappe libère les papillons. Je reste muette. Je fais semblant de dormir.

Il tire la chasse d'eau, se lave les mains, se racle la gorge et se recouche à sa place, au bout du lit à droite, le visage tourné vers l'intérieur du lit. Il replonge immédiatement dans un sommeil profond, comme en attestent ses ronflements.

J'ai froid. Il ne cesse de pleuvoir. Le cliquetis des gouttes qui rebondissent sur le velux m'obsède et m'empêche de dormir.

Je pense à Jean. Nous serions mariés déjà s'il n'avait pas chuté. Je serais peut-être enceinte.

Je me retourne. Nos visages se font face maintenant. Frédéric dort du sommeil des anges. Paisible et beau.

Je scrute son visage. Même dans son sommeil, il garde son sourire.

Sur sa joue droite, il a cette fossette que je me souviens avoir vue immédiatement à notre premier rendez-vous.

Mon frère Josh a la même.

Malgré ce qu'il est, il m'attendrit.

Alors, à 4 h 28, après m'être encore une fois retournée, je me rapproche de lui. Position cuillère.

Chapitre 18

À 10 heures, lorsque je me réveille, il n'est plus dans la chambre. Je le pense d'abord sous la douche, mais après une vingtaine de minutes, je réalise que la salle de bains est vide.

Je suis prise de panique. De nouveau seule.

Je m'habille rapidement. Je descends et demande, affolée, à la jeune fille de la réception si elle n'a vu passer personne.

Elle hésite « un monsieur grand ? Des cheveux bruns bouclés ? Plutôt beau garçon ? ».

Je fais oui de la tête.

« Ah il est parti à 8 heures. Je le sais je regardais Télé-Matin, c'était l'heure du JT », déclare-t-elle aussi satisfaite que si elle venait de faire avancer l'enquête sur le meurtre de Kennedy.

Que diable est-il allé foutre si tôt sous la pluie ? Pourquoi n'a-t-il pas laissé un mot ?

Je remonte dans la chambre. Il n'a pas pris ses affaires. Tout est intact.

Je lui téléphone, il est sur messagerie.

Message 1 : « Frédéric, tu n'as pas le droit de partir comme ça. C'est pas le deal. »

Message 2 : « Mais t'es où putain ? »

Message 3 : « OK bah je te vire. J'appelle l'agence tout de suite. »

Message 4 : « Tu auras ma mort sur la conscience. »

Message 5 : « Connard d'abruti à la con. »

Entre chaque message vocal, j'envoie un SMS, aussi peu aimable. Je passe par tous les états. La colère, la tristesse, la mélancolie, l'exaspération.

Je tente de le joindre pendant près de deux heures. En vain. Je laisse quinze messages et trente-sept SMS. J'ai même fait le tour de la ville dans ma voiture de location. Pas de Frédéric. Rien.

J'oscille entre rage et angoisse. Et surtout, je me sens nulle. Qu'est-ce que je peux bien faire maintenant ? Je ne connais ni son nom de famille, ni ses amis, ni ses sœurs, ni sa mère. C'est samedi et Joséphine ne répond pas.

Je commence à paniquer. Je vais être accusée de meurtre avec préméditation. On ne retrouvera jamais son corps. Ma mère fera une interview exclusive de moi pour son magazine *Détective* « *La presque veuve qui fit disparaître son presque amant* ».

Et si une horde de lions l'avait dévoré sur la plage (les lions de mer évidemment) ?

Et s'il avait été kidnappé par des fanatiques qui voulaient lui couper la tête parce qu'il aimait jouer au casino, écouter Nadiya et manger des pizzas ? Et si justement il avait croisé un descendant de M. Pizzatovski venu lui découper une fesse ?

Et si tout simplement il en avait eu ras-le-bol de moi ?

* * *

Il est 14 heures, lorsque je reçois un SMS en provenance d'un numéro inconnu « Anna, histoire de fou. Parti faire un jogging. Ai glissé. Me suis pété le genou. Plus de téléphone. L'ambulance me ramène ».

Mon cœur se relâche et mes muscles se décontractent.

Je pleure pendant une heure. Mes yeux sont gonflés.

Tout m'a stressé. Sa disparition, ma solitude, ma vie de merde et par-dessus tout, mon plan pourri pour retrouver Jean.

Plus que tout, ces quelques heures m'ont fait prendre conscience de l'importance évidente de Frédéric dans ma vie.

Une heure après, il arrive en grand blessé, jambe plâtrée, en ambulance.

Lorsque le brancardier l'aide à sortir du véhicule avec deux béquilles, je lui saute dans les bras. Il a l'air surpris.

« Ne me refais jamais ça tu entends, j'étais morte d'inquiétude», lui dis-je à la façon d'une mère engueulant son enfant.

Il sourit « Tu t'es vraiment inquiétée ? Ça veut dire que tu tiens à moi ! »

Je plante mes yeux dans les siens « Non c'est ce que tu représentes que j'aime bien. Toi, non, toi, je ne t'aime pas. T'inquiète ». Je ne peux m'empêcher de tenir mon rôle de peste.

Frédéric ne relève pas. Je crois qu'il sait à ce moment-là que j'ai vraiment eu peur. Il l'a vu dans mon regard.

Nous passons l'après-midi dans la chambre.

Je commande des pizzas. « C'est le thème du week-end, la pizza ? » dit-il en s'esclaffant.

Il est allongé sur le lit. Il ne peut pas bouger, il souffre. Son visage est tendu, son sourire a disparu, laissant place à un rictus de douleur.

J'ai pitié de lui. Mais encore plus de moi et de cette situation.

Le temps que je passe un appel à la réception, Frédéric s'endort. Sans même compter les papillons.

Chapitre 19

Je le regarde dormir des heures durant. Je ne peux détacher mes yeux de lui.

Je retourne tout dans ma tête. La mort de Jean, mes mois de solitude à pleurer, ma peur du monde et ce projet fou que j'ai imaginé.

Alors que je suis dans mes pensées, Frédéric se réveille.

Il sursaute en me voyant.

« Anna, qu'est-ce que tu…

— Je te veille.

— Un peu flippant de te voir au-dessus de moi. On dirait un remake du film *Misery*, fait-il.

— Je ne connais pas ce film.

— Une folle qui enferme chez elle, dans la montagne, son écrivain préféré qui est blessé et qui le séquestre.

— Comment as-tu deviné ? C'est tout moi ! je rajoute en riant. »

Après avoir souri, la douleur lui provoque une grimace. Je lui tends un calmant avec un verre d'eau. Il l'avale et referme les yeux.

Je m'allonge à côté de lui puis je lui caresse le front.

Il se tourne avec difficulté vers moi et me demande « Tu as vu *Le Patient anglais* ? ».

Quand je lui réponds que je l'ai vu des années auparavant, il affirme que c'est son film préféré. Je ne peux réprimer un rire.

— Ton film préféré, c'est *Le Patient anglais* ? À toi ! Mais laisse-moi rire ! Toi, ton style, c'est plutôt *Piège en haute mer* avec Steven Seagal !

En prononçant ces mots, je me rends compte de ma méchanceté.

Il me regarde avec arrogance et sa fossette disparaît aussitôt. Je me mords l'intérieur des joues. J'ai honte de moi.

Au bout de deux minutes (c'est long deux minutes), il brise le silence « Anna, tu es pleine de haine envers moi, c'est dommage. Je te rappelle que si tu ne sais pas qui je suis, c'est parce que cela ne t'intéresse pas. Tu as à peine écouté quand je t'ai parlé de ma famille. Tu penses que parce que je rêve de télé, je suis un con, tu penses que parce que je ne suis jamais allé au théâtre, je suis un con, tu penses que parce que je n'ai pas grandi dans le même milieu que toi, je suis un con. En attendant celle qui m'a emmené voir *Titanic*, c'est toi. Celle qui veut que je dorme en chaussettes vertes, c'est toi. Celle qui n'a pas de potes, pas de vie, c'est toi. Alors sois gentille, si je te dis que mon film préféré c'est *Le Patient anglais*, crois-moi ».

Je me sens totalement merdeuse. Il a raison. Qui suis-je pour le juger ?

« Tu ne réponds pas Anna ?

— Je n'ai rien à dire.

— Anna, pourquoi tu m'as choisi ?

— Je ne t'ai pas choisi, j'ai pris ce qui restait. »

Cette phrase conclut la conversation. Je me lève et je pars me cacher dans la salle de bains. Je me sens mal. Je suis devenue une personne aigrie. L'inverse de celle que j'étais avant.

J'aimerais tant me laisser aller et redevenir la vraie Anna. J'aimerais cesser d'être odieuse avec Frédéric car cette façon d'agir n'est qu'un rempart contre ma peur. Je manque de courage.

Lorsque vers 19 heures, je ressors de la salle de bains, Frédéric épuisé, dort. Je le regarde dormir quelques minutes. Puis je m'écroule à ses côtés.

Le lendemain matin, il se réveille vers 9 heures.

Il me donne un coup de coude comme il le ferait à un vieux pote.

Je sursaute. Il a le teint pâle. Il geint. Il a mal.

Il pleut toujours. Rien ne va.

J'avais prévu d'aller à Honfleur et d'écouter Michel Berger avec lui, mais entre la météo et le plâtre, je revois mes projets et déclare la bouche encore pâteuse « On rentre à Paris ».

Je jette en vrac nos affaires dans un sac.

Sans un mot, je descends à la réception pour régler la note.

Frédéric a du mal à se débrouiller avec ses béquilles. Elles l'encombrent.

Dans le train, je suis assise côté fenêtre. Nous avons pris place dans un carré familial. Nous ne sommes que deux, même pas un couple.

Le visage collé à la vitre froide, je regarde le paysage défiler. Pluie et brouillard.

Frédéric a étendu sa jambe sur le siège. Nous ne nous parlons pas.

Derrière nous, une fillette s'amuse à se mettre debout sur son siège et à nous faire signe. Sa maman lui demande de s'asseoir.

L'enfant fait des grimaces et rit aux éclats, ce qui met fin au silence glacial qui s'est installé entre Frédéric et moi.

Il rentre dans le jeu de la fillette et tire la langue à son tour. La mère ordonne à sa fille de s'asseoir et d'arrêter de nous déranger.

Mais la petite n'obéit pas et Frédéric et elle continuent de se tirer la langue.

Il est gai. Cette enfant le soulage.

La petite fille me pointe du doigt et lui demande timidement « C'est ton namoureuse ? ».

Sa maman la somme de s'asseoir correctement.

Elle n'obéit pas. Elle attend la réponse de Frédéric. Moi aussi, le visage toujours tourné vers le paysage.

— Je ne sais pas si c'est mon amoureuse. Tu en penses quoi toi ?

— Bah moi ze crois que oui. Ça se voit que vous êtes zamoureux, pouffe-t-elle

Personne ne peut le voir mais j'esquisse un sourire avant de sombrer dans un léger sommeil.

Chapitre 20

La nuit qui suit notre retour de Normandie, Frédéric a du mal à dormir. Sur mes conseils, il investit le lit. J'hérite du canapé. Le monde à l'envers.

Je trouve la situation absurde mais je ne résiste pas à garder cet homme près de moi.

Je le veille toute la nuit. Lorsqu'il s'endort au petit matin, je descends à la boulangerie. Il est 6 h 30. L'hiver enveloppe la capitale d'un voile glacé. Les lumières des décorations de Noël scintillent. J'affectionne cette période qui précède les fêtes de fin d'année. J'ai toujours aimé l'ambiance magique qui va de pair avec les sapins, les lumières et les Pères Noël.

Lorsque je remonte les mains remplies de croissants chauds, Frédéric dort toujours profondément.

Je m'allonge sur le canapé.

À son réveil, ses premiers mots « Han cette haleine de chacal que j'ai » prouvent que si Frédéric a le genou cassé, il n'a pas perdu son vocabulaire châtié.

Il a envie d'aller aux toilettes mais a du mal à se lever .

— Anna tu m'aides, j'ai une grosse envie de pisser là ?

— Je suis crevée, Frédéric. Je n'ai pas la tête à t'accompagner aux toilettes dès le matin, après t'avoir veillé toute la nuit.

— Mais il est midi, rétorque-t-il.

— Peu importe l'heure qu'il est. Je n'ai pas dormi. À cause de toi ! je m'écrie en lui lançant un regard sombre.

— Très bien Anna, si tu m'aides pas, je fais au lit, menace-t-il bien fort.

Je m'extrais du canapé, me lève avec indolence et me résigne à l'aider. Je lui tends la main pour l'aider à se relever. Il trébuche et m'entraîne dans sa chute sur le lit. Il en profite pour m'embrasser dans le cou. Je m'interdis d'aimer ça.

Je l'accompagne jusqu'à la salle de bains et j'attends derrière la porte, une béquille à la main. Me voilà dame pipi. Après tout, petite, mon père m'avait prédit ce destin si je ne réussissais pas à l'école.

Je passe les croissants au four pour le petit déjeuner. Nous mangeons en silence. Des miettes se répandent sur le sol. Je lui hurle de faire attention.

Le chat lèche les miettes.

* * *

Comme j'étouffe, je décide de passer la journée au cinéma de Beaugrenelle. Je m'enfile quatre films.

Bonheur de la salle obscure où je peux me mettre à l'abri des regards, du bruit, des conversations et de ma triste vie.

Quand je rentre chez moi après cette journée « 7e art », je suis claquée. Les six boîtes de pop-corn ont eu raison de mon estomac. J'ai juste envie de prendre un bain, de bouquiner et de dormir.

C'est tout le contraire qui m'attend.

Au milieu de mon studio, se dresse Frédéric unijambiste debout sur sa béquille, déguisé en policier. Il enclenche la musique de *9 semaines et demie* (*you can leave your hat on*) et démarre une danse qu'il veut sexy et lascive. On se croirait dans une boîte de strip-tease (enfin j'imagine, je n'y suis jamais allée mais des amis d'amis de copains de la cousine de ma sœur par alliance m'ont raconté).

Je claque la porte et j'avance dans la pièce. J'ouvre grands mes yeux. Je suis interloquée. La surprise est… inattendue.

J'hésite entre trouver ça intéressant, excitant, pathétique ou drôle.

Je choisis que c'est drôle. Drôle de voir ce type sur une seule jambe tenter un show censé m'émoustiller. Profitant de mon hilarité, Frédéric lâche sa béquille, plonge sur le lit et m'entraîne avec lui. Il me murmure « tu m'as manqué aujourd'hui, je commence à m'habituer à toi ». Il arrache ma doudoune et ôte mon bonnet. Mes cheveux jaillissent. Ses mains caressent mon visage. Je ferme les yeux. Sa bouche vient lécher la mienne. Sa langue s'immisce entre mes lèvres. Je frissonne.

Il glisse sa main droite sous ma jupe, arrache mon collant, passe sa main gauche sous mon pull en mohair, dégrafe mon soutien-gorge et frôle mes seins. Il me caresse avec délicatesse. Puis il baisse son jogging, saisit mes hanches et me place au-dessus de lui. Je suis un bateau qui tangue sur les vagues de son corps. Nous faisons l'amour. C'est bien, incroyablement bien.

* * *

Nous nous endormons immédiatement après. Comme si nous avions enfin relâché les tensions contenues depuis ces derniers jours. Comme après un match de boxe.

À 8 heures du matin, dans la pénombre du studio, Frédéric s'assied dans le lit et allume une cigarette. Forcément, ça me réveille.

— Mais qu'est-ce que tu fais ? C'est pas possible ça de fumer dès le matin. Tu es vraiment insupportable. Comment j'ai pu me laisser berner hier soir. J'y ai cru un moment… j'ai même pris mon pied mais là… sérieusement Frédéric… Tu es un gros égoïste ! je débite d'un trait, énervée.

— Anna je t'ai déjà dit que j'aimais bien fumer avant de faire l'amour, finit-il par m'interrompre d'une voix tendre.

— OK mais là on n'est pas avant, on est après, je réplique.

— C'est ce que tu penses…

Il écrase sa cigarette dans le cendrier posé derrière la tête de lit, pose ses mains sur mes seins, hume mes cheveux, m'embrasse à pleine bouche. Pour une fois, je ne lui dis pas comment agir. Je suis très excitée. C'est son métier certes, mais j'espère au fond de moi que la façon avec laquelle il me fait l'amour est unique et que jamais il n'a touché une autre femme comme aujourd'hui. Dieu que c'est bon !

Après m'avoir menée à l'orgasme, il saisit ma main et me demande « alors je suis un gros égoïste ? ».

Mon cerveau semble ne plus contrôler ma bouche et je m'entends lui répondre, façon Brigitte Bardot dans *Le Mépris*, « oh non, fume, fume encore ».

Il a passé la journée à fumer.

Et moi, je n'ai jamais autant aimé que quelqu'un fume à mes côtés.

* * *

Personne en dehors de Jean ne m'avait jamais fait l'amour. Je ne parle pas de s'envoyer en l'air, je parle de se sentir aimée entre les mains d'un homme.

Faire l'amour vraiment, avec respect, délicatesse et plaisir, non ça jamais. Je ne pensais pas qu'après la mort de Jean, cela serait à nouveau possible. Je n'aurais pas imaginé vivre ce sentiment de plénitude avec un autre homme. Et encore moins avec Frédéric.

Je sais désormais que cela est possible à nouveau. Non pas que j'aime Frédéric. Mais j'aime son corps contre le mien, ses yeux dans les miens, nos sexes emmêlés, ses mains sur mes hanches (*Laisse mes mains sur tes han-hanches, Ne fais pas ces yeux furibonds, Oui tu l'auras ta revanche, Tu seras ma dernière chanson*. Merci Salvator).

Je suis à vrai dire partagée entre deux sentiments. La joie d'avoir joui et la honte d'avoir trahi Jean. Faire l'amour avec un autre, n'est-ce pas révoquer Jean ?

Frédéric me coupe dans mes pensées. Il n'a plus de clopes. Je lui souris.

— J'ai réussi mon test d'amant ? Tu me gardes encore jusqu'au 11 janvier ? demande-t-il, taquin.

Son test d'amant… son test d'amant… son testament… C'est curieux comme les mots résonnent parfois. Il a réussi oui. Haut la main ! Hauts les cœurs !

— Oui je te garde. Faire l'amour avec toi c'est bien, je réponds avec un regard aguicheur.

— Tu m'avais dit qu'on baiserait, qu'on ne ferait jamais l'amour. T'es pas en train de tomber amoureuse de moi au moins ?

Il me lance ça avec une certaine violence.

Je me demande soudain s'il ne s'est pas joué de moi. Se pourrait-il qu'il ait tout manigancé pour me rendre accro à lui. Non ce type n'est pas assez fin pour ça. Sa seule qualité, c'est tristement et définitivement de savoir (me) faire l'amour.

Après quelques minutes de silence, il reprend la parole.

– On est le 22 aujourd'hui ? Putain c'est la finale de la Star Academy dans une demi-heure !

— Bah on est mercredi.

— Oui mais comme samedi c'est Noël, ils l'ont programmé ce soir. Je suis sûr que Grégory Lemarchal va gagner.

— Si tu le dis.

— T'es pas obligée de regarder Anna, tu peux lire si tu veux.

— Non, ça va, je vais regarder avec toi.

À 21 heures, Frédéric sautille partout. Il doit être aussi impatient que ceux qui attendaient devant leur poste de voir un homme marcher sur la lune en 1969. Il parle de Nikos, de son costume, de sa classe, de son job de rêve tout en avalant un sandwich au thon.

À 23 heures comme prévu, Gregory Lemarchal remporte la finale.

Chapitre 21

Pendant deux jours, le lit est notre espace vital. 1 m 60 pour explorer nos corps, découvrir nos chairs, en demander, en redemander.

Beaumarchais a dit « *Boire sans soif et faire l'amour en tout temps, il n'y a que ça qui nous distingue des autres bêtes* ».

J'approuve.

Le 24 vers 19 heures, je tends des fringues de Jean à Frédéric « Enfile ça. On va chez mes parents, c'est Noël ».

Maman m'a téléphoné le matin même, m'implorant, me suppliant, de venir passer Noël en famille « ma fille c'est une tradition, jamais nous n'avons été séparés pour Noël. On ne te posera pas de questions, sois tranquille. Viens avec un ami si tu veux, enfin si tu en as un… ». (Son côté journaliste chez *Détective* qui va à la pêche aux informations.)

Je mets en garde Frédéric « Pas de gaffe. Tu n'es pas escort boy. On s'est rencontrés sur un tournage le mois dernier. Le reste, j'en fais mon affaire. Évite les gros mots, les questions, les rots à table, les blagues graveleuses. Je te fais confiance, ne me déçois pas ».

En bas de l'immeuble de mes parents, Frédéric dit quelque chose comme « ça va ils s'emmerdent pas, tes vieux ». À mon regard, il comprend que je n'apprécie pas ce genre de remarques. Dans l'ascenseur, je me mords les joues. J'ai peur.

C'est Joshua, mon frère, qui ouvre la porte. On se saute dans les bras l'un de l'autre. Puis en second plan, il distingue Frédéric qui est resté en retrait derrière moi avec ses béquilles.

« Josh, je te présente Fred, mon (j'hésite)… mon (j'hésite encore)… mon mec ! »

Joshua pâlit. Frédéric avance sa main « Salut, enchanté ! Ça va ? Tu n'as pas l'air bien ».

Joshua tend sa main fébrilement avant de se précipiter dans le salon, sans doute pour annoncer aux parents que je suis accompagnée.

Papa et maman sont assis devant la télévision. Joshua remue autour de nous comme un gosse à qui on aurait mis du poil à gratter.

Maman relève la tête de son journal *Libé*, donne immédiatement un coup de coude à papa qui nous fixe à son tour. Il se passe bien dix secondes sans que personne ne dise un mot.

Cent quarante-cinq mille anges passent.

Face à ce silence de mort, je prends les devants « *Bah cachez votre joie ! Je suis là ! Youhou, c'est Noël et je voulais être avec mes parents d'amour ! Je vous présente Frédéric* ».

Maman se met debout, me serre dans ses bras, embrasse Frédéric sur les deux joues « enchantée, je suis la mère ».

Papa se lève. Sans même nous saluer, il nous invite à passer à table, maugréant un « plus vite on commence, plus vite on finit ».

Pour briser le malaise, je demande d'un ton ingénu,

— Déjà ? On peut prendre un apéro non ? Ça fait des mois qu'on ne s'est pas vus !

— À qui la faute ? lâche mon père l'air furieux.

On passe donc à table. On se croirait dans *Festen*. Quelqu'un va faire une révélation, la famille va partir en éclats. Il va y avoir un drame, des larmes, des cris, j'en suis persuadée.

En attendant, tout le monde se tait, on entend les fourchettes cogner sur les assiettes en porcelaine. La dinde n'a pas l'air dans son assiette (pourtant elle y est) et le sapin vert pomme ne suffit pas à donner de la couleur à ce dîner.

Frédéric ne dit rien. Il arbore un sourire niais.

À la vingt-deuxième minute du diner (je le sais car je regardais ma montre sans cesse), maman brise le silence « Alors ma dinde ? » Contre toute attente, Frédéric répond « elle est fourrée ».

Mes parents lui jettent un regard noir, Joshua plonge sa tête dans ses mains et moi je ris avant d'ajouter « Très bonne. Bravo maman ! T'es la reine des dindes ! ».

Sans me laisser le temps de reprendre mon souffle, maman me répond « et toi, la reine des connes », papa enchérit « La reine des grosses connes ! ».

Silence.

Je me lève, je jette ma serviette sur la table et je gueule « *Mais vous êtes insupportables. Ce soir c'est Noël et j'ai honte de vous. Je n'aurais pas dû venir. Fred et moi on aurait été bien ensemble à la maison. Qu'est-ce qu'il va penser de vous, hein ? J'ai honte. Je me casse, on se casse, viens Frédéric* ».

Des larmes inondent mes yeux et ma voix.

Frédéric reste vissé à son siège, papa reste stoïque et Joshua fuit aux toilettes.

Maman reprend la main sur la situation et m'ordonne de la suivre « immédiatement » prétextant avoir besoin d'aide en cuisine. On laisse les hommes à table dans un silence pesant.

Devant ses fourneaux, ma mère démarre un long monologue.

« *Anna, sérieusement, c'est qui ce type ? C'est le sosie de Jean avec des cheveux bruns, c'est pas possible. Tu l'as rencontré où ?*

Tu sais ma fille, la vie réserve parfois des surprises. On est là, vivants, et puis "hop" la minute d'après on n'est plus là. Crois-en mon expérience, il faut que tu sortes de cette ambiance de mort qui rôde autour de toi. Tu sais que j'aimais Jean comme mon propre fils. Vous étiez vraiment mignons tous les deux, un peu comme ton père et moi au même âge.

Mais il faut passer à l'étape suivante. Ressasser, c'est jamais bon. Tu devrais partir à l'étranger par exemple, reprendre tes études, en profiter pour tester un autre job ou bien te remettre au théâtre. Et ne pas t'accrocher au premier venu parce qu'il a la belle gueule de Jean. Non mais, quelle idée ! Tu as essayé de sortir, de voir du monde ?

Tu sais, j'ai croisé Emma dans la rue. Elle est triste de ne plus avoir de tes nouvelles ; tu devrais la voir aussi.

Anna, faut avancer, ne pas vivre avec un fantôme de Jean. »

Je l'écoute à peine. Je l'entends de loin, comme dans un songe. Tout ce qui me préoccupe, c'est de retourner à table pour éviter que Frédéric ne fasse de gaffe.

Soudain je crie « Maman, y a de la fumée qui sort du four ! ». Je profite de la tarte qui brûle, pour filer rapidement dans la salle à manger.

De retour à table, je découvre papa en grande conversation avec Frédéric. Je reste un moment debout, interdite. Maman me suit de près en râlant après son four et sa tarte aux pommes « cramée, une horreur, obligée de la jeter ».

Personne ne prête attention à elle.

Je m'approche de Frédéric et place ma main sur son épaule. J'ai la gorge sèche. Je lance d'une voix hésitante « Alors vous parlez de quoi comme ça ? ».

« On discute entre hommes. C'est passionnant ce qu'il me raconte à propos de son ambition. Mais au fait vous vous êtes rencontrés où ? » demande mon père.

Je suis blême (je n'y peux rien, dès que j'utilise le mot BLÊME, je pense à Dalida.

Les yeux battus,
La mine triste et les joues blêmes,
Tu ne dors plus,
Tu n'es que l'ombre de toi-même,

Je suis donc devenue blême (bambino, bambino). Frédéric prend les devants « On ne peut pas vous dire où on s'est rencontrés ! C'est un secret ».

Mais qu'il est con, mais qu'il est con.

Papa insiste « Ah les cachotiers ! En tout cas, bravo FredÉric ! Vous avez de l'ambition. J'y pense, j'ai un patient qui travaille à la télévision, je pourrais lui parler de vous ».

Mais qu'a-t-il bien pu raconter de si passionnant, franchement ?

Comme pour couper court à cette conversation, Frédéric déclare d'un ton solennel que je ne lui connais pas « Bravo encore pour la dinde, c'était une jolie soirée ». Puis, me regardant dans les yeux, il ajoute « On dit toujours qu'avant d'épouser la fille, il faut regarder la mère. Eh bien je suis conquis ! ».

Maman rougit (il lui en faut peu) « Oh mais, merci ! Vous me faites plaisir ! Vous êtes un cœur ! ». Puis elle le serre dans ses bras.

Ça dégouline de convenance, de politesse, de miel. J'ai le sentiment que je suis presque de trop.

Il est minuit passé. Après des embrassades familiales, nous quittons les lieux, main dans la main.

Chapitre 22

Nous sommes à peine sortis de chez mes parents que je demande à Frédéric quelles conneries il a bien pu dire à mon père.

Il commence à neiger. Nous avons froid. Le taxi n'arrive pas.

Il me répond, en souriant, qu'il a dit la vérité. Mais cette réponse ne me suffit pas alors j'insiste

— Quelle vérité ? Que tu aimes écouter NRJ, faire du strip-tease ? Que tu rêves de devenir une star de la télé-réalité et que tu baises sa fille ?

Il se crispe et débite d'un trait :

— Écoute Anna, toi, ta vérité c'est quoi ? Celle d'une fille qui ment, qui joue à être Sophie Marceau dans *Fanfan*, qui s'invente une vie, qui ne se livre pas, qui a besoin de payer pour pouvoir ramener un mec à la maison ? Je ne sais pas qui était ton ex mais ce qui est certain, c'est qu'il a marqué les esprits. Il a dû sacrément te faire du mal. Je me trompe ? Demain, n'en déplaise à ton contrat, je vais déjeuner dans ma famille. C'est la tradition. T'es pas obligée de venir.

Je ne réponds rien.

* * *

Le lendemain matin, il me réveille doucement pour me demander si je l'accompagne. Sa sœur Victoire passe le chercher dans la demi-heure.

Je sursaute et comme à mon habitude, je lui hurle dessus.

— Et puis quoi encore ! Non ! Tu dois rester avec moi ici ! C'est pas dans le contrat. Je te rappelle que tu es à moi. Appelle ta sœur, annule !

Il fronce les sourcils. Il a la tête d'un mec qui n'a nullement l'intention d'annuler son déjeuner de Noël en famille.

— Anna, c'est comme ça. Vire-moi si tu veux mais je vais voir ma mère et mes sœurs. Allez habille-toi, je t'ai sorti des affaires.

La situation s'inverse. Il reprend le dessus. Ça ne me plaît que moyennement mais je finis par céder. Je n'ai rien d'autre à faire et je n'ai pas envie de me retrouver seule le jour de Noël.

La famille c'est important, j'en conviens, et puis j'espère qu'en deux heures, ce sera réglé.

Ponctuelle, sa sœur nous attend dans sa Clio grise.

— Moi c'est Victoire mais tu peux m'appeler Vic comme dans *La Boum*. Je suis la grande sœur, enfin la vraie grande sœur, la première des quatre !

— Moi, c'est Anna.

Je suis à l'arrière, ceinture attachée. Comme une enfant. J'ai laissé à Frédéric le privilège de la place du mort. Je parle peu et me contente, pendant le trajet de les écouter chanter du Céline Dion à tue-tête.

Une heure plus tard, nous arrivons dans le village où Frédéric a grandi.

*** * * Flash publicitaire sponsorisé par l'office du Tourisme de Tricot * * ***

Tricot est une commune française située dans le département de l'Oise, en région Hauts-de-France.

Ses près de 1 500 habitants sont appelés les Tricotois et les Tricotoises

On y trouve les racines du rugby. En effet, on y pratique la « choule », un jeu très local (une tradition ancestrale) qui est l'ancêtre du rugby. Le « choulet » est une sorte de « poire » (ancêtre du ballon de rugby) en cuir qu'il faut pouvoir attraper dans des mêlées très rudes et jeter entre deux cheminées du village. Mais les Anglais ont envahi la France et ils ont « volé » l'idée de ce jeu. Ils ont établi des règles avec un terrain délimité et des équipes. En effet, la choule, ou encore dénommée : soule ou sioule dans d'autres régions de France, était un sport très pratiqué en France dès le Moyen Âge. Si dans le restant de la France, ce sport n'existe plus, c'est avec bonheur que Tricot l'a conservé.

*** * * Fin du flash publicitaire sponsorisé par l'office du Tourisme de Tricot * * ***

La voiture se poste devant une petite maison pas bien haute, étroite, à la toiture rouge et aux volets bleus.

— Voilà Anna, bienvenue chez moi ! Rien à voir avec le 16e hein ? », s'exclame Frédéric en m'ouvrant la portière.

La petite bourgeoise que je suis ignorait jusqu'à l'existence de Tricot. Nous rentrons dans la maisonnette et avons à peine le temps de fermer la porte que les autres sœurs de Frédéric débarquent comme des furies pour le manger de baisers « Fredou, Fredou, Fredou ! ».

Je reste en retrait, presque invisible dans ce brouhaha d'amour fraternel.

En chœur les sœurs hurlent « Mamaaaaaaaaaaan, Fredou est là ! Il est pas seul, il est pas seul ! Y a une fille ! Tu vois bien qu'il est pas pédé ! ».

La honte m'envahit, mes joues rosissent. Je ne sais plus où me mettre. J'ai appris de ma mère que pour passer inaperçue, il faut y penser bien fort et que ça finit par arriver. On devient invisible. Sauf que là, ça ne marche pas. Je suis si visible que les sœurs se jettent sur moi afin de me serrer dans leurs bras. Puis, une à une, en file indienne, elles se présentent.

— Salut ! Moi, c'est Julie, la grande sœur ; enfin la deuxième grande sœur.

— Salut ! Moi, c'est Louise, la dernière grande sœur ; enfin celle qui est arrivée juste avant Fredou.

— Salut, moi c'est Sophie. Mais tout le monde m'appelle Bilou. Je suis donc la troisième grande sœur, celle du milieu. Ne prends pas peur, l'ordre d'arrivée on s'en fiche. On va mettre des autocollants sur nos pulls pour que tu te souviennes de nos prénoms, c'est pas évident la première fois !

— Moi, c'est Anna et je suis ravie de vous rencontrer, je réponds dans un sourire.

Ce sont toutes les quatre de jolies jeunes femmes. Julie et Victoire sont brunes à la peau mate, on pourrait presque les confondre. Victoire est la plus pulpeuse des deux. Louise est celle à qui Frédéric ressemble le plus.

Alors que je les observe en détail, la mère de Frédéric fait son entrée dans la pièce. C'est une femme d'une petite soixantaine d'années, ni mince ni grosse, ni belle ni laide, les cheveux bruns, des rides du sourire autour des yeux et un vague air de Simone Signoret. Elle se plante devant moi et m'examine de la tête aux pieds. Elle ne dit rien mais pousse par moments de petits grognements que j'analyse comme de l'approbation. Je me sens comme une vache au Salon de l'Agriculture inscrite à un concours de beauté. Ou comme une participante au concours de Mis France (ce qui revient au même, non ?).

La matronne semble scruter chacun de mes grains de beauté (cinquante-cinq rien que sur le visage et dans le cou, je les ai comptés un soir de beuverie avec Emma). Tout le monde retient son souffle dans l'attente d'un verdict qui doit tomber comme un couperet. Une minute plus tard, elle hurle « Oui, oui, oui ! C'est elle ! c'est elle ! C'est elle ! » en me serrant fort dans ses bras.

Je me laisse faire, un peu désemparée. Tant d'amour, de gentillesse, de folie, de vie en une seule maisonnée, c'est rare et c'est à Tricot que ça se passe !

Frédéric stoppe ce moment d'égarement « Maman, les filles ! C'est pas ce que vous croyez, on ne va pas se marier Anna et moi. On se connaît seulement depuis deux semaines. On se calme ! ».

Mais aucune des femmes de la maison ne prête attention à ce qu'il vient de dire. En quelques minutes, je me retrouve assise dans un canapé moelleux au coin du feu, entourée d'une ribambelle de jeunes femmes toutes plus exquises les unes que les autres.

* * *

Après nous avoir pressés de questions pendant une heure, Sylvie, la mère de Frédéric nous propose de passer à table « pour finir les restes d'hier soir. Il me reste de la dinde pour tout Tricot. Cette année, M. Louis, le boucher, m'a vendu la plus grosse ! Anna, tu es notre invitée, tu prends ma place ». Elle me désigne la chaise située en bout de table.

Il y a des moments où on n'a pas le choix. Ce moment en est typiquement un. Alors je me soumets aux gentils ordres de la mère de mon pas-tout-à-fait mec.

C'est trop là, c'est trop, je me dis à voix haute. Bilou demande ce que j'ai dit. Frédéric lui coupe la parole pour lui expliquer ma manie.

Je préside la table en bois massif. Ça sent bon la campagne, l'herbe mouillée, le feu de cheminée, la nourriture, la joie, le bonheur, la simplicité. Ce lieu est comme toutes les maisons de famille, un cocon où l'on se sent bien.

Ici et là dans le salon sont disposées des photos de Frédéric. À deux ans sur un vélo à quatre roues ; à huit ans sur un vélo à deux roues ; à douze ans en train de faire de l'escalade ; à seize ans en boîte de nuit ; à vingt ans posant avec Michel Drucker.

Il est aimé Frédéric !

— Ah oui Anna ! La maison est remplie de portraits de Fredoudou. C'est qu'on l'aime, hein, notre petit Fredouchinet ! commente Victoire.

Il baisse les yeux, de honte sans doute. Je n'aurais pas mieux fait, c'est terrible lorsque les proches révèlent publiquement nos petits surnoms ridicules. Ma mère par exemple m'en a toujours donné des improbables et ridicules : chameau, mistouflette, canarou, et même la nouille, quand j'ai eu dix-huit ans.

Louise et Julie chantent en chœur « Fredoudou, Fredoudou, Fredoudou ! C'est qui le plus beau ? Fredoudou ! C'est qui le plus cool ? Fredoudou ! C'est qui le plus extra ? FREDOUDOU ».

Ce repas revêt des allures de cantine d'école primaire. Et curieusement, j'aime ça.

Sylvie met fin au vacarme et propose une « pause silencieuse ». Puis elle récite trois ou quatre bénédicités « merci mon Dieu de me permettre de réunir mes cinq enfants, merci mon Dieu de nous donner de la joie, merci mon Dieu d'avoir trouvé une femme à Fredoudou ».

Haussant le ton, elle poursuit « Merci Mon Dieu de trouver des mecs à mes filles maintenant. Merci mon Dieu pour cette dinde gigantesque que M. Louis nous a vendue. Merci mon Dieu pour avoir fait gagner Grégory Lemarchal. Merci mon Dieu de prendre en compte ma candidature pour Questions pour un Champion ».

Les cinq enfants se marrent. Sophie me murmure « T'inquiète c'est maman. Elle croit même que Dieu va la faire gagner au Loto ! ».

Frédéric me lance un regard complice depuis l'autre bout de la table. Je lui réponds par un clin d'œil.

Quelle famille délicieuse !

* * *

À la fin du repas, je sais tout sur tout le monde. Victoire est secrétaire de direction dans une boîte de matériel informatique et elle vient de rompre avec Didier, un homme marié. Julie part faire un tour du monde avec sa meilleure amie le mois prochain « puisqu'elle ne trouvait pas de boulot de toute façon », Sophie-Bilou préfère les femmes et Louise termine des études pour devenir esthéticienne.

Je leur dis que je suis comédienne. Louise me demande si je connais Mimi Mathy. Frédéric reprend « Mimi Mathy ! C'que t'es cruche Louise ! Non Anna, c'est une intello qui aime Barbara et Michel Berger ! »

Ma presque belle-mère approuve « Michel Berger... oh comme je l'aime aussi. On va bien s'entendre toi et moi, Anna ! ». Puis, sans crier gare, elle se met chanter « elle l'aime, elle l'adoooore, plus que tout elle l'aime, c'est fou comme elle l'aime ».

Et ses filles de reprendre ensemble « la groupie du pianiste... tatata tatata tatata. Elle fout toute sa vie en l'air mais toute sa vie c'est pas grand chooooose... ».

Je décide de me joindre à cette chorale improvisée. Nous sommes bien. Merci Michel Berger.

Au moment du café vient la question tant redoutée de notre rencontre. La veille au soir, j'avais esquivé la question. Mes parents n'auraient pas compris que leur fille fasse appel à une agence d'escort boys dans le but de fabriquer un Jean bis. Mais là tout est différent. Les sœurs et la mère savent tout de la vie de Frédéric, il ne leur cache rien, il me l'a dit à Trouville. « Vous savez que je suis escort boy, les filles, dit-il.

— Oui en attendant que tu prennes la place de ce type au sourire ultrabright. Je peux pas me le voir ce Nikos. Il a une tête de con, mais de con, enchaîne Louise.

— Louise t'as pas le droit de dire ça, tu sais bien que Fredoudou le kiffe grave. T'es pas folle de dire un truc comme ça, s'exclame Julie.

— Oui enfin moi… depuis Guy Lux et les Carpentier, je trouve tous ces présentateurs nuls. Remarquez, j'aime bien le petit blond là, Ruquier. Mais sinon faut dire ce qui est, c'est pas génial. Mais mon Fredoudou, il va devenir un présentateur et faire un peu de ménage dans tout ça, tu en dis quoi Anna ? demande la presque belle-mère.

Je ne sais pas quoi répondre. Les présentateurs télé, ça n'a jamais été ma passion.

— Je n'ai pas d'avis sur la question. J'aime bien Nikos. Enfin, en fait, je crois que ça m'est égal.

— Tu t'en fous, quoi ! Dis-le que tu t'en fous, t'as le droit ! Tu viens du 16e ou quoi ? Allez lâche-toi ! plaisante Bilou.

— Oui, c'est de là qu'elle vient, bafouille Frédéric.

Les cinq paires d'yeux se braquent sur moi comme si le fait de révéler d'où je viens fait de moi une personne suspecte. « Non, mais j'ai pas de maladie grave, je viens juste du 16e ! » dis-je en riant.

Frédéric reprend la parole « Bon alors voilà Anna du 16e a fait appel à une agence d'escort boys et c'est sur moi que c'est tombé ».

Cette fois, j'en suis persuadée, elles vont me trouver étrange.

— Bah pourquoi t'as fait ça ? T'es jeune, t'es belle, tu viens du 16e, t'es intello. Pourquoi tu as besoin d'un escort boy ? interroge Louise d'un air suspect.

— Laisse-la Louise, elle a sûrement ses raisons, la coupe ma presque belle-mère. Hein ma fille, t'as de bonnes raisons ? Dis-nous plutôt pourquoi t'as pris Fredou !

Je suis gênée alors je mens un peu :

— J'ai vu sa photo d'abord, je voulais un beau garçon… Après on s'est rencontrés et puis…

— …et puis le coup de foudre, en conclut Victoire.

— Non pas exactement. Comme je sais qu'ici on se dit tout… c'est juste comme ça, en attendant. On va pas se marier. Hein Fred, dis-leur qu'on va pas se marier.

À nouveau leurs dix yeux sont braqués sur moi. Je suis comme une accusée dans un box. Frédéric baisse le regard et ne dit rien.

— Non, non ça tient pas la route, ça s'peut pas. Tu l'aimes mais tu oses pas te l'avouer. Je connais ce genre d'histoires, je lis *Nous Deux*. Je crois que pour une raison que je ne sais pas, tu as fait appel à lui et puis maintenant vous êtes un vrai couple. Ça s'peut pas autrement, insiste Julie.

— Je t'assure que ça se peut. Dis-lui Fred. Dis-lui que tu m'aimes pas, qu'on s'aime pas ! Dis-lui, dis-leur que je ne suis qu'une bourgeoise qui parle à son chat et qui parfois se parle à elle-même. Mais merde Fred ! Dis-leur ! leur criai-je, me sentant prise au piège.

Je pleure à présent. Frédéric ne bouge toujours pas. Il fixe le sol.

Sylvie se lève et contre toute attente, elle me prend dans ses bras. « Anna, tu dois être fatiguée. Monte faire une sieste. Ça arrive de plus savoir où on en est. Viens avec moi, je te montre la chambre. »

Elle m'attrape la main et la serre bien fort. Le reste de l'assemblée est muet et affiche des visages consternés.

Chapitre 23

Sylvie me met au lit dans la chambre de Frédéric et me borde comme une gosse. Dans cette chambre, tout est resté tel quel depuis son adolescence, depuis son départ de Tricot pour Paris. Ici une affiche de Nikos, là une de David Guetta et au plafond un poster géant du film *Le Patient anglais*.

Ma presque belle-mère, avec beaucoup d'élégance et de tendresse, me propose de tout lui raconter. Je ne sais pas pourquoi mais je lui révèle tout : mes années de bonheur avec Jean, son accident et sa mort, notre mariage avorté, mon envie de cesser de vivre et ma quête d'un sosie de Jean, jusqu'à Frédéric.

Je suis en larmes.

Contre toute attente, cette femme, la mère de mon escort boy me répond qu'elle comprend tout cela. Elle aussi avait connu la perte du seul homme ayant jamais compté pour elle, le père de Frédéric. Elle aussi s'était sentie amputée à sa mort. Elle a pensé mille fois qu'elle n'y arriverait pas et que même ses propres enfants ne pourraient la soulager. Ils avaient fait des projets pour leurs vieux jours. Elle se rêvait grand-mère avec lui. Personne ne pourrait plus la faire rire, croyait-elle.

Mais un matin, elle a décidé que la vie était un don de Dieu et qu'il lui fallait se relever.

Tout en me caressant la joue, elle me chuchote :

— Toi ma fille, tu es jeune, tu as la vie devant toi. On ne se remet jamais de la mort des gens qu'on aime, on fait semblant, on continue de vivre, on avance en pensant à eux tout le temps, on compose, on fait avec. Mais tu verras que tu pourras à nouveau aimer, sourire, faire des projets. On ne refait pas son destin. Tu dois tout dire à Fred. Tu te sentiras soulagée après. Dors maintenant.

Elle relève la couette sur moi comme une mère. Et je m'endors.

* * *

À mon réveil, Fred est assis sur une chaise face à moi. Il me regarde avec tendresse et semble me veiller comme on veille les malades.

— Tu avais besoin de sommeil. J'ai pensé que je ne devais pas te réveiller. Tu es belle quand tu dors Anna. Tu sais j'ai réfléchi. Je pense que tu vaux mieux que moi et que ce contrat. Mettons-y fin. Je ne te demanderai pas d'argent. Restons-en là, rentrons à Paris. Je crois que nous sommes différents et que comme tu me l'as assez reproché, je ne suis pas assez… bien pour toi. C'est dommage je commençais à me sentir bien avec toi, avoue-t-il avec tendresse et fatalité à la fois.

Mes yeux ne sont pas encore tout à fait ouverts. Je suis dans un demi-sommeil. Mais je trouve la force de répondre « Comme tu voudras. Oui, mettons fin au contrat ».

Il paraît déçu. Ses traits se tendent.

— Je me lève je prends une douche, on y va. Victoire peut me ramener ? Tu n'as pas besoin de venir tu sais, tu n'as plus d'obligations. Je te dois de l'argent, je t'enverrai un chèque, dis-je d'une voix légère.

— Je ne veux pas d'argent et d'ailleurs dès demain, je pose ma démission dans l'agence. Je trouverai un autre moyen de me faire de l'argent en attendant de faire mon émission de télé-réalité. Oui, Victoire rentre, elle te ramènera. Je vais rester ici avec mes sœurs et ma mère quelques jours, ajoute-t-il crispé.

* * *

Un thé et une douche plus tard, je suis prête. Dans le salon, les sœurs et ma presque belle-mère m'attendent pour me dire au revoir. Julie dit « c'est dommage ». Sophie-Bilou me serre fort comme si on se connaissait depuis douze ans. Louise me propose de rester « c'est trop triste de rompre en plein Noël ». Sylvie m'embrasse chaleureusement tout en murmurant « Anna, laisse-toi vivre et sois heureuse ».

Frédéric me raccompagne à la porte. Il est triste.

— Tu vas me manquer Anna. J'ai pris l'habitude des chaussettes vertes, de ton chat, de ton corps et de toi. Mais que veux-tu, je ne suis qu'un gars de Tricot qui veut faire de la télé… Allez vas-y, Victoire t'attend.

Sans un mot, juste un regard tendre, je lui tourne le dos et monte dans la voiture.

Chapitre 24

« Ah non, ce n'est pas ainsi que ça se passe. Nous avons un contrat, vous nous devez la somme initialement prévue. Vous avez signé. À cause de vous, on a perdu une de nos plus belles recrues. Frédéric plaisait beaucoup à notre clientèle. Il vient de m'appeler pour poser sa démission. Mais vous lui avez fait quoi au juste ? » hurle Joséphine dans le téléphone.

Elle me menace d'un procès. Rien ne m'atteint. Qu'elle me le fasse, son procès. Je m'en fiche. Après avoir été amputée de Jean, je le suis de Frédéric par ma propre faute. Par fierté.

Je suis la seule responsable : je n'ai pas donné sa chance à Frédéric, j'ai cru que je serais mieux sans lui, persuadée que ça ne pourrait pas fonctionner entre nous. On ne construit pas une histoire d'amour sur des bases chancelantes.

J'aurais dû lui dire que tout était possible. J'aurais dû me laisser aller et refuser sa décision.

M'accrocher, résister, ne pas me contenter des faits. J'aurais dû lui avouer que j'étais en train de tomber amoureuse de lui malgré ce que je laissais entrevoir. Parce que oui, la vérité, la seule vérité c'était que j'étais raide dingue de lui.

Que le temps me parait long sans Frédéric !

* * *

Je passe mes journées à dormir. Ma mère ne cesse de me laisser des messages pour m'inviter à diner avec Frédéric. Elle ne sait rien de la situation.

Je regarde la télévision en boucle. Je ne bouge de mon lit que pour boire du thé et aller aux toilettes.

J'ai le sentiment de replonger dans la souffrance comme on replonge dans la drogue.

Je me suis tant accrochée à Jean. Maintenant c'est Frédéric qui m'obsède. Mais ça ne peut pas fonctionner entre nous. Il me l'a dit.

La solitude envahit à nouveau ma vie et mon cœur.

Je repense à Frédéric. A nos fous rires. A nos étreintes. Je repense à Jean aussi.

Suis-je condamnée à être abandonnée par tous les hommes de ma vie ? Mon avenir va-t-il se réduire à une longue route de solitude ?

Chapitre 25

Le matin du 31 décembre, après plusieurs jours de douleur, on glisse une lettre sous ma porte. Des lettres, j'en reçois des tonnes. Mais cette enveloppe-là est rédigée à la main. Comme du temps de Jean. Mon cœur se noue.

J'ouvre immédiatement la porte. Qui a bien pu poser ça là ? Il n'y a déjà plus personne. Juste le son de l'ascenseur qui s'échappe.

J'ouvre l'enveloppe : à l'intérieur, une feuille format A4 sur laquelle je peux lire.

Programme du 31 décembre d'Anna.

– *Se faire belle*
– *Acheter du champagne*
– *Décider d'être heureuse*
– *Arrêter de râler*
– *Nourrir le chat*
– *Prendre un bain*
– *Se livrer enfin*

– Se délivrer enfin
– Dire oui
– Sourire
– (faire l'amour)
Fred.
PS : non, rien.
PPS : tu me manques trop.

Je lui manque. JE LUI MANQUE !
Cette missive me soigne subitement de ma souffrance.
Je revis.

* * *

À 20 heures, il sonne à la porte. J'ouvre. Je ressens la peur de ceux qui savent que le plus beau est à venir.

Il a coupé ses cheveux. Il porte un costume trois-pièces et une chemise blanche. Il serre une rose entre ses dents.

— Tou ché que chou teume.

Je ne distingue pas ses paroles. Délicatement, j'ôte la rose de sa bouche.

— Je disais donc… Tu sais que je t'aime Anna, déclare-t-il tremblant.

Je relève mes yeux vers lui. Je frissonne. Pour toute réponse, je me hisse sur la pointe des pieds et l'embrasse. Nos langues s'entremêlent, comme une évidence.

Je l'attire contre moi et ouvre grand la porte du studio. « Tu ne vas pas rester sur le palier. Entre. »

Il pénètre dans la pièce et claque la porte derrière lui.

À minuit, après m'avoir fait l'amour trois fois, il émet un vœu « On se dit tout maintenant Anna ».

Je réponds « même la vérité ? ».

Il me sourit « non surtout pas ».

Ce qui se passa ensuite (ou ce que l'Histoire ne dit pas)

Après son renvoi de l'agence, **Joséphine** s'est convertie à l'hindouisme. Elle s'est installée dans un monastère en Asie mineure où elle a fait vœu de silence et de chasteté.

Ayant rempli son pari de faire l'amour mille deux cents fois avant ses vingt-huit ans, **Emma** a enfin découvert le tantrisme qu'elle pratique de façon régulière après le bureau.

Après avoir écumé toutes les boîtes de nuit de Paris, Ibiza, Mykonos et Tourcoing à la recherche de petites amies, **Paul** et **Adrien** se sont rendus à l'évidence, ils étaient amoureux l'un de l'autre.

Après vingt-huit ans passés à la rédaction du magazine *Détective*, **la mère d'Anna** a démissionné pour se mettre au tango professionnel.

Le père d'Anna a continué sa carrière de dentiste. Son investissement financier dans une start-up au début des années 2000, Facebook, l'a rapidement placé dans le top 10 Forbes des hommes les plus riches de la planète.

Les espoirs de ses parents s'étant reportés sur lui, **Joshua** est devenu chirurgien cardiaque à la Clinique de la Forêt Noire.

Julie, Louise, Sophie et Victoire, les sœurs de Frédéric, ont quitté Tricot pour un tour du monde qui leur a permis d'écrire un best-seller « Notre tour du monde entre frangines » vendu à 122 millions d'exemplaires.

Trop heureuse d'avoir casé son fils unique, **Sylvie** a repris son souffle et a cédé aux avances de **M. Louis**, le boucher de Tricot.

Suite à son expérience avec Anna, **Apollon/Eude** a cessé son activité d'escort boy. Il a abandonné son envie de devenir acteur, entrepris des études d'expert-comptable dont il pensait que c'était une carrière plus raisonnable.

Rien n'a arrêté **Nikos**, le présentateur star de TF1 est devenu photographe, père de famille, twitteur incontournable et même chanteur. Des rumeurs racontent qu'il ne serait pas vraiment grec mais les rumeurs, hein…

Vers l'âge de six ans, **Miaou** a décidé de se mettre au régime veggie, de troquer le miaulement pour l'aboiement et de faire son coming-out.

Malgré leurs différences, Anna et Frédéric vivent une histoire magique et romantique. Anna a repris le théâtre et décidé de jouer exclusivement du Shakespeare. Frédéric a débuté comme animateur à la radio avant de devenir chroniqueur puis animateur sur Canal+ dans une émission décryptant les dessous de la télévision.

Ils ont emménagé dans un appartement au canal Saint-Martin d'où ils voient le soleil se lever chaque matin sur leur amour.

Remerciements

Merci à Karine, Laury-Anne et toute l'équipe bienveillante des éditions Charleston pour leurs encouragements et leur confiance.

Merci à Stéphanie Pélerin pour son travail à mes côtés et ses précieux conseils.

Merci à mes amies, premières lectrices.

Merci à Barbara, Les Beatles, Michel Berger et Romain Gary, évidemment.

Aubin
IMPRIMEUR

Achevé d'imprimer en avril 2017
N° d'impression 1704.0024
Dépôt légal, mai 2017
Imprimé en France